U0068940

讀點洋書，行點洋路

陳蒼多 著

鴻儒堂出版社發行

自序

　　不敢妄想「讀萬卷書，行萬里路」，也不敢奢望中文書、西文書通吃，因此把「萬卷」限縮成「一點點」，書類也只專注在「洋書」上，算是崇洋嗎？至於旅行方面，則是先國外而後國內，只能說，我勢利眼，偏重「外」在美，把國內的風景晾在一邊，也算崇洋？其實「讀點洋書，行點洋路」比較寫意，可以「洋洋」自得，「讀萬卷書，行萬里路」我認為太狂妄，「萬萬」行不得。

　　到外國旅行，不涉崇洋。那「洋書」呢？也不能怪我。誰叫我讀的是外文系？因此與洋書結了不解之緣。二十幾年前出國，除了探訪異國風情，最大的樂趣是買原文書，甚至到國外圖書館影印原文書（當時好像還未時興網路購書）。我沉浸在買洋書（影印洋

書）的狂喜中，發現了存在的意義。我也熱中於譯書，譯書對我而言甚至成了「閱讀」的代名詞，簡直從「我讀故我在」演繹到「我譯故我在」的境地。

這幾年出國旅行的樂趣之一是回來後可以書寫一篇遊記，抒發胸臆，這也許就是「我書（寫）故我在」吧。所以我曾說，拍旅遊照是速食的愛情，寫旅遊記是纏綿的愛戀。

喜歡買書、譯書、讀書，寫遊記，算是愛書人吧，但我認為愛書人現今已沒落。我在〈愛書者的黃昏〉一文中固然將愛書人結合以黃昏時分的詩意，但我其實意在言外──愛書人已到了「夕陽無限好，只是近黃昏」的「開到荼蘼花事了」時節。顏如玉已經從書中跳槽到手機。

愛書人的雅號美則美矣，但「書痴」（其實是洋書書痴）應該是我的大部份寫照。收錄的文章中有一篇〈書痴自白〉，還有一篇做為附錄的訪問記〈陳蒼多書癮病歷圖〉，可以做為佐證。這並不表示我真正

以書痴為榮，不過，一旦成為書痴，我就可以為自己成了生活白痴找到藉口；一個人總不能無緣無故成為生活白痴。

輯二部份雖不一定是「讀洋書、行洋路」的產品，卻也是另一種「我書（寫）故我在」。

距84年10月年版《人生拼盤》已有20年之久，我不願說《讀點洋書，行點洋路》是個里程碑，那樣會太沉重，說是「雪泥鴻爪」也許是較可承受的輕，雖然有點「掠美」。

感謝人間副刊、聯合副刊、自由副刊及文訊月刊刊登本書中大部份作品，也感謝鴻儒堂出版社黃成業先生玉成拙著的出版。

目錄

輯一

序詩　新老人與海

一個六十七歲的老人

到了馬利蘭州的一座海

名叫邦諾書店

他每日到書海撈魚

魚類多，色彩斑爛

宜遠觀，更宜近褻

近褻之不足

老人將矻矻撈得的一袋魚

搬上飛機運回台灣

——可真是有身價的魚。

我的胸罩觀

　　拜讀三月三日「人間副刊」陳文茜小姐的大作〈穿奶罩的女性主義者，請舉手！〉不禁拍案叫絕。我深深認為是自一九六九年一群女性主義者在大西洋城公然燒燬墊塞胸罩、假睫毛，以及〈花花公子〉雜誌以來最大的「不亦快哉」之一。

　　既然陳文茜小姐在文中提到亞里斯多德。我倒想提到蘇格拉底。蘇格拉底說，「快樂」就是「善良」，「善良」就是「快樂」。我之所以引用蘇格拉底這種說法，主要是針對陳小姐在文中所說的：「……他非常懷念在歐洲與不戴胸罩的女性擦身而過的遊玩經驗，他篤定地認定西方把自己國家不要的胸罩傾銷到第三世界來，為的只是要減少台灣男性的『快樂』與希望，以遂行其白種人的優越感。」（引號為我所加）按照陳文茜小姐的說法，女性胸罩會減少男性的「快樂」，也就是說，女性不戴胸罩會增加

男性的「快樂」。根據蘇格拉底的說法，「快樂」就是「善良」。再加上陳小姐所謂包裝乳房涉及「誠信」原則，也就是「包裝」乳房是不「真」實的，那麼，不戴胸罩的女性主義者在「真」「善」「美」三個價值層面上至少佔有其二（「真」與「善」）。如果再加上浪漫詩人濟慈所說的「真即是美，美即是真」，那麼，她們是囊括「真」、「善」、「美」三項大獎了。

不過有一個問題，不知陳小姐注意到沒有。如果太強調女性不戴胸罩會增加男性的快樂，不知會不會像瘦身工業一樣，惹來另一些女性主義者的攻擊，說是女性在討好、取悅男性？當然，這其中涉及一個問題，瘦身是以「壓制」身體的方式來取悅男性，不戴胸罩是以「解放」身體的方式來取悅男性。其實，說來很吊詭，「束縛」式的戴胸罩也是取悅，「解放」式的不戴胸罩也是取悅。戴胸罩的女性主義者會反問，難道我沒有「束縛」身體的自由嗎？妳不允許我

有束縛身體的自由，就是壓抑我的身體，所以妳是假女性主義者。

這倒也說得對，如果我束縛我的身體（胸房），並不是為了取悅男性，那又何妨：如果你解放妳的身體（胸房），是為了討好男性！那又何榮？莎莎嘉寶說過一句話，「男人只求女人在一個地方有深度，那就是露胸（乳溝）的深度。」但如果女人這唯一的「深度」也是應「觀眾」（男人）的要求，那當然是很可悲的。

還有一個問題，也許也是陳文茜小姐所沒有注意到的。那就是，戴胸罩是否是一種習慣或嗜好問題，不一定要扯上束縛、解放、討好等問題，甚至不一定要扯上女性主義。想當初珍羅素以「胸罩傳奇」出名，而瑪麗蓮夢露以不戴胸罩聞名，兩人還不是照樣成為好朋友？如果戴胸罩乃是嗜好問題，那麼說到嗜好當然就不用爭辯了（There is no accounting for tástes）。

　　我的結論是，戴不戴胸罩並不成問題，只要「誠信」（不以包裝的方式誇張）、「無愧」（不取悅別人）就好了。

重訪《第三情》

　　寫《性與機器》這本碩士論文，已是三十多年前的前塵往事，論文中所討論的D・H・勞倫斯的《戀愛中的女人》與《查泰萊夫人的情人》，如今看來，竟有點老掉大牙。寫《亨利・米勒的三部曲研究》這本升等論文也有十幾年的時光了，論文中所涉及的《北回歸線》、《黑色的春天》，以及《南回歸線》，也似乎有點褪色了。獨獨亨利・米勒的《第三情》仍然在我記憶中蠢蠢欲動，也許是因為它被搬上了銀幕，而一生沒有看過幾部電影的我，也躬逢其盛，未能免俗地成為這部電影的觀眾之一（當然，成為觀眾，最重要的原因之一是：我是原書的譯者）。

　　《第三情》原名《在克利齊的平靜日子》(Quiet Days in Clichy)。人類的「三情」通常是：親情、友情與愛情。片商刻意把「性慾之情」歸入「第三情」，把親情歸為「第一情」，把愛情、友

情列入「第二情」，我覺得也無可厚非。作為一本作品而言，《第三情》不能算是偉大的情色經典，但是，我仍然想以「酒神主義」的觀點來看待這部作品。我在《第三情》的譯序以及其他有關亨利‧米勒作品的文章中都約略討論過了，在這兒只想「溫故知新」、「拋磚引玉」。

所謂「酒神主義」，其實是泛指「感官的享受」，而感官的享受是不涉及階級（class）與階層（hierarchy）的。因此，《第三情》之中仍然難免充斥著屬於「妓女」這個階層的人物，請看：

充滿這個地方的那種玫瑰色亮光，從通常聚集在入口附近的那群妓女身上發散出來。當她們逐漸分散在顧客之間時，這個地方不僅變得溫暖，呈現一片玫瑰色，並且也洋溢著芬芳。她們在暗淡的燈光中翩然來回各處，像是灑了香水的螢火蟲。

多麼眼熟的一段文字啊。原來亨利‧米勒在《北

回歸線》中也有這樣一段的描述：

　　只要有亮光的地方，就有一點熱……有亮光的地方，人行道上有人行走，彼此擠來推去，透過他們骯髒的內衣和惡臭、詛咒的氣息發出一點動物熱。

　　妓女（或人行道上的行人）竟然與光和熱聯想在一起，只因她們（他們）使一個地方變得「溫暖」，只因她們（他們）發出一點「動物熱」。「骯髒的內衣」至少能夠禦寒，「惡臭、詛咒的氣息」至少是「氣息」，而有氣息就有生命。冬天時，豪豬彼此擠在一起取暖，在人類之中也是不必學習的。

　　因此，「感官的享受」也是一種本能，是不必學習的。一如在其他作品中一樣，亨利‧米勒在《第三情》之中也企圖表達「性就像食物一樣，餓了就吃」的人生觀：「不久，我們三個人都在浴缸中一手拿著三明治，另一手拿著一杯酒。」在《第三情》中，「食物」可能是「性」的前奏曲。然而更可能的情況

是：滿足了「性慾」後，「食物」就變得不那麼重要
了：一旦性慾獲得滿足，一片被踐踏過的麵包或者一
截菸屁股也會發出芬芳的氣味。

　　當然，所謂的「酒神主義」與亨利‧米勒作品
中所透露的另外兩種觀點——「原始主義」與「無政
府主義」——是不可分割的。試想，「原始主義與
性」、「無政府主義與性」是多麼嚴肅卻又迷人的話
題，這就要留待有心人從《第三情》或亨利‧米勒的
其他作品中去挖掘了。

名人著作的真偽之辯

　　拙譯尼采著《我妹妹與我》出版後，有葉新雲先生的書評，認為此書係偽作，又有陳懷恩先生撰寫長文，傾向於認為確有其書。名人著作真偽的考證雖然困難，卻很吸引人。最近連續接觸到薩德侯爵（Mrquis de Sade）的女兒寫給父親的信、拜倫（Lord Byron）的秘密回憶錄，以及瑪妲·哈利（Mata Hari）的日記。謹根據原編（譯）者在書中引言中所述，提供相關資訊，希望引起專家、學者進一步考證，判斷真偽，釐清這三本著作的真面目。

令人感覺興奮又痛苦
《賈桂琳，薩德侯爵的女兒》

薩德侯爵是十八世紀法國驚世駭俗的作家，其《臥房哲學》與《所多瑪一二〇天》等著作自成一類異色作品，廣泛為人討論。想不到他有一個女兒賈桂琳（Jacqueline），「可能」寫了十一封信給父親，描述她遺傳自父親的「施虐狂」以及其他性傾向，果真是「有其父必有其女」？

法國學者金‧保羅‧德納德（Jean Paul Denard）以二十卷的《法國法律史》著稱。據他的自述，在從事這部作品的寫作時，他得以在巴黎閱讀到一些國家檔案，內容包括法庭判決、審判證據以及各種相關文件。某一個陰沉的日子，他發現了一捆信件，是薩德侯爵二十三歲的女兒賈桂琳寫給當時被關在「恰特頓精神病院」的侯爵本人。

德納德說，他在閱讀這些信件時，對其中違逆

道德與法律的內容感到震驚又憤怒。但他立刻尋找出版社印行這些信件，不過，基於「真實性」以及「可能引來訴訟」，並沒有法國出版商問津。最後，德納德自己把這些信件譯成英文，於一九六八年在美國出版，名為《賈桂琳‧薩德侯爵的女兒 (Jacqueline, Daughter of the Marquis de Sade)。根據德納德的說法，除了讀了令人感覺興奮又痛苦外，這些信件具備了社會、歷史與心理分析方面的重要性。

大膽又色情的自傳
《拜倫爵士的秘密回憶錄》

拜倫是十九世紀英國五大浪漫詩人之一，一生風流韻事、醜聞不斷，從電影《癡情佳人》中可見一斑。克利斯多夫‧尼可爾 (Christopher Nicole) 於一九七八年在倫敦出版了《拜倫爵士的秘密回憶錄》(The Secret Memoirs of Lord Byron)。據尼氏在

本書「一部手稿的故事」中所言，在某一個暴風雨的
七月黃昏，他和妻子的遊艇搭救了一艘拋錨的希臘漁
船。護送漁船到一個小港口後，漁船主人邀請尼可爾
夫妻上岸一遊，由一位熟諳英語的女教師充當翻譯，
彼此交談。在獲知尼可爾是作家後，這位希臘人拿出
一大堆手稿，說是父親的遺物，並說要送給尼可爾，
報答救命之恩。在費了一番周折之後，終於打開層
層牛皮紙。尼可爾發現，這是拜倫生前所寫的《回憶
錄》的第一份草稿，確實是拜倫的手跡；事實上，拜
倫也是在希臘去世。

拜倫的《回憶錄》原本在一八一九年交給湯瑪
斯・摩爾（Thomas Moore）後，已經慘遭焚毀，因此
在尼可爾看來，這份手稿彌足珍貴。尼可爾將草稿加
以編排，分成三部分，加上必要的標點，再加上一篇
「後語」及註釋，以《拜倫爵士的秘密回憶錄》的書
名出版，可說是一部「大膽又色情的自傳」。

從脫衣舞孃到妓女間諜
《瑪妲‧哈利的日記》

　　瑪妲‧哈利生於一八七六年，原名Gertrud Margarete Zelle，是法國著名脫衣舞孃，於一九一七年因間諜罪被法國人處決，當時她的代號是H‧21。好萊塢曾把她一生的事蹟搬上銀幕，女主角是著名的葛麗泰‧嘉寶。有關瑪妲‧哈利的傳記有十九本之多。

　　根據《瑪妲‧哈利的日記》（The Diary of Mata Hari）一書的英譯者馬克‧亞歷山大（Mark Alexander）的說法，瑪妲‧哈利的日記在二次大戰初期被人發現。如今，這些已經發黃的紙頁安靜地躺在巴黎「檔案路」一間後面的房間之中，跟其他文件一起放在布滿灰塵的大箱中。原稿原屬於法國「戰爭會議」的一位高級官員；「戰爭會議」就是審判瑪妲‧哈利的一個組織。這位官員遺棄了這些日記，後

來有人發現，交給一位記者過目，記者認為印行限制
特別版會引發人們的興趣。馬克‧亞歷山大第一次把
它譯成英文，於一九六七年出版。除了日記之外，譯
者又加上兩章，交待瑪妲‧哈利如何走上死亡之路。
日記的內容開放又坦率，毫無掩飾，極盡透露秘密之
能事，從年輕時代受到折磨，嫁給一位惡魔男人，成
為脫衣舞孃，最後成為妓女間諜，鉅細靡遺。

　　目前國內似乎沒有有關這三本作品的文獻。三
本作品的內容都在某種程度上涉及「情色」，辨別
真偽既嚴肅又刺激，應是考證學者「愛做的工作」
（labor of love），有心人士盍興乎來？

書痴自白

在自我介紹談到嗜好時，常跟台下的學生說，我有兩個嗜好，其中一個是買書，還特別強調是「買書」，不是看書，因為看書的時間被買書的時間排擠掉了。

我買的書大部分是英文書，有時是為了翻譯（我的另一個嗜好）。為了買英文書，我出國旅遊的國家竟然是以可以買到英文書為優先考慮，好山好水的吸引力不如英文書。

幾年前，我生活中最擔心的事是農曆新年來臨，因為這時「誠品」等賣英文書的書店會休假一兩天，如今他們從善如流（？），幾乎不再休假，對我而言算是某種程度的「解禁」。

兩、三年前，我開始上網買外國舊書，瘋狂的程度可用「昏天黑地」來形容。上網買書時的興奮心情非筆墨所能形容，等到書晚寄到時，開始擔心寄丟，

擔心的時間比當初興奮的時間還長。

　　喜歡買書，連帶愛上書店，曾寫過一段這樣的文字：「書店當然最美，不僅是因為書店中有最美的人在買書、賣書。就算是書店中空無一人，它也是最美的。」其中的道理無它。如果喝醉時，所有的女人看起來都很美，那沉醉於書香的人，看著書店的人也會覺得很美。就算書店中空無一人，它也是飽含書香，洋溢墨香。對了，有一度我想把大女兒取名陳書香，因為書香越陳越有味，但唯恐如果生了第二個女兒，可能要取名陳墨香，因而作罷。

　　我一生最大的願望是：住在一座四季如春的湖旁邊，那兒有世界上最大的一間不打烊書店。前幾年到美國最大的Powell書店一遊，此後日夜思念，夢中時常出現書店美景。

　　看書或看文章時，最吸引我眼光的是文字中的書名號，兩個書名號之間那幾個字蘊含無盡的寶藏。拿到新買的書時，有時我會有勃起現象，莫非是戀物癖

的徵兆？

　　愛書當然就與圖書館結了不解之緣。記得大學的圖書館還沒有館際合作之前，我有一個學生念台大研究所，我經常約他見面，用他的借書證幫我借書，次數久了，這個學生也煩了，最後終於爽約。

　　女兒在美國念書，最怕我要她幫我影印書（當然還有買書），就算她叫陳書香，遇到了一個書痴，有理也講不清。

　　最難忘那一次到德州奧斯汀大學圖書館影印買不到的書。那時是夏天，德州氣溫高達攝氏四十度。我跟太太約好時間吃午飯。印了幾本後，意猶未足，但只剩十幾分鐘，又衝進去印了一本凡‧多倫（Charles Van Doren）的《閱讀的樂趣》，出來後，由於路不熟，為了找跟太太見面的地方，心急如焚，內心一直想著：不知何時會在大太陽下中暑昏倒？

　　本來是想寫一篇〈愛書的男人最美〉，又生怕

引起女性主義者說我臭「美」，只好寫一篇〈書痴自
白〉。

愛書者的黃昏

又到了黃昏時節。

一個熟悉的身影出現在台大校園的黃昏步道上，那是通往台大郵局的人行道，新近翻修過，頭上是枝椏交錯的高樹，透露出浪漫又古典的氣息。

其實在他心目中，應是古典多於浪漫，倒不是因為他的目的地——郵局——不會讓人有浪漫的聯想，而是因為他心思的對象——書——都是些「古」老的「典」籍，不古典也難。當然也有例外的，如果是一本談論「性」的經典，那算是古典，還是浪漫呢？

離郵局還有十幾步遠，他就準備好信箱鑰匙，到了✕號信箱前，鑰匙一插、一轉，動作何其熟練。信箱裡面有一張紙條：「✕號BOX有大件。」心臟一陣雀躍，拿出紙條，走近窗口。如果有兩、三個人排隊，他還可以接受，一旦是排長龍，他就要抱怨命運為何不善待他，要讓他忍受等待的煎熬。

其實讓他比較難受的是，每次他都要責備自己：
為何又忘了昨天對自己的吩咐？為何那麼迫不及待出
門，又忘了帶隻小刀？外國人做事那麼仔細，書包裝
得那麼牢固，要憑兩隻手撕開，再怎麼靈活有力，也
是徒呼負負。好在大部分的時間，包裝都可以輕易打
開，硬扯出裡面的寶，開始一面走一面翻閱。人說坐
擁書城，南面稱王，他說行走台大，四方稱霸，陶醉
之餘，明天還是忘記帶小刀。

　　只要在家多讀點書方面的故事，沒有即刻打開包
裝牢固的書又何妨？那麼就讀讀這一則吧──

　　從前，不，有時間為憑，是第十世紀的波斯，有
一位叫阿不都爾‧卡森姆‧伊斯梅爾（Abdul Kassem
Ismael）的高官，竟然擁有十一萬七千本藏書。他不
曾須臾離開心愛的書，每次出外旅行都由四百隻駱駝
載著這些書同行，而且駱駝經過訓練，按照書的字母
順序行進，那些趕駱駝的人兼圖書管理員一聽到主人
需要什麼書，手一伸就可拿到。

　　這則故事倒是既古典又浪漫，聊可補償今天忘記帶小刀的遺憾。

　　依舊是黃昏時節，依舊是忘了小刀，依舊讀一則書的故事來彌補：

　　從前在東方（又是東方！）有一位年輕的國王，即位時廣徵國內智者，命令他們把世界上的智慧蒐集成書。智者受命後離去，經過了三十年，他們帶回一隊駱駝（又是駱駝！），揹著五千本大部頭書，說是已搜集了智者的歷史與人類命運所學到的一切，但國王專心於政事，無法讀這麼多書，叫他們把這些知識濃縮在較少的幾本書裡。

　　十五年後，智者們回來了，身後的駱駝只揹了五百本書，他們告訴國王說，他可以在這些書中發現世界上所有的智慧，但國王還是嫌書太多，又把他們遣走。

　　幾年過去了，智者們又回來，這次他們帶來的書不會超過五十本。國王已又老又倦，甚至連讀這幾本

書的時間都沒有，於是他又叫智者們減少書的書目，
希望只需要讀一本書，就可以了解人類和知識的大
要，於是智者們離去，又開始工作。

五年後，他們回來了，把辛苦的成果獻給國王，
那時智者們都已是老人，國王則奄奄一息，甚至無法
閱讀智者為他帶來的那本書了。

這是在告訴我們「學海無涯」的悲劇嗎？

如果不是五千本，不是五百本，不是五十本，不
是一本，而是一百三十三本呢？

一百三十三本！一百三十三座壯麗的山讓他（或
是愛書人）去攀登，一百三十三個偉人的心靈讓他去
探險！

忘記這則「學海無涯」的故事吧，讀一讀《新世
紀修訂版一生的讀書計畫》，裡面正好有一百三十三
本書在等著他。

於是，他每個黃昏除了走在台大校園，除了
忘記帶小刀之外，還可以咀嚼、回味一天之中親炙

一百三十三本書中任何一本的心路歷程,為台大的黃昏平添幾分書卷氣息;書卷氣息慢慢累積,終於又為台大的黃昏步道增添幾分詩意,他情不自禁記起自己在〈自我之歌〉一文中所引用的那首詩:

還記得霜橋過處有紅楓

月光下懸掛著萬盞燈籠

你指出那一盞最光明燦爛

那一盞就最怕晨曦帶來清風

一百三十三卷書,正是,一百三十三盞明燈,那一盞最光明燦爛,那一盞就最怕晨曦帶來清風。

哦,不,請不要說那一盞就最怕晨曦帶來清風,因為啊,因為這一百三十三卷書不是月光下懸掛著的萬盞燈籠,它們是永恆的黃昏時節蕩漾在他心湖中的一百三十三盞明燈,那一盞最光明燦爛,那一盞就讓他忘記帶來那隻他永遠忘記帶來的小刀。

驀然回首

當選「傑出校友」！「校友」，當然！「傑出」，從沒有夢想過！

一生不曾得過任何獎（只記得在馬公中學得過作文比賽獎），也沒有顯赫的學歷（區區土碩士）。

不敢奢言「奮鬥歷程」，只有「執著」差可比擬。說「奮鬥歷程」太沉重，其實我很想寫一篇抒情文，而不是敘述文，但人生有很多「不得不為」。

只記得初一時（寫下「初一」兩字，不勝感慨，為何沒資格寫「國一」兩字？）國文老師李文元老師給我的作文分數很低，我就很「天真」地發憤圖強，大量閱讀課外讀物，作文自然進步。我很懷疑，當時作文寫得好是拜大量的閱讀之賜？還是為了吸引一位女同學的注意？如果「自作多情」也可以是一種驅動力量，那麼！這一部分不應該排除在「奮鬥歷程」之外。不過，我還是要將它排除，人生之中是有很多

「不得不為」。

　　胡適說，「發表是吸引的利器」，我一直奉為至理名言。書看多了，自然會有發表的慾望。為了發表，你就必須繼續吸收，於是發表與吸收相輔相成。可惜，我的發表與吸收並沒有造就我成為一名作家，因為我只鍾情於翻譯。

　　「奮鬥歷程」四個字此時一直縈繞我的腦海，所以在敘述我的翻譯生涯之前，我先說一件跟「奮鬥」有關的事。這件事我在《過年雜感》一文中有所描述，其中有兩段是這樣的：

　　「高三那年的農曆正月初一對我而言並沒有特別不同的地方，只是鞭炮太吵雜了，我無法在家中繼續我平常用功讀書的習慣，於是我拿了一本書（應是課本），想到學校找一個安靜的角落歇下來苦讀。沒想到大門深鎖，不得其門而入，於是只好翻牆而進。在翻牆的同時，我心中得意地自忖著，今天全世界（應是全台灣）大概只有我一個人還在用功吧？沒想到一

腳才著地，就看到班上一位莊姓同學也已在牆角（教室門當然鎖著）走動，口中唸唸有詞，好像是在背著課本裡的什麼內容。

「莊姓同學並不是全班最用功的同學，看到這種情景，使我有『爆出黑馬』的感覺。至少這個插曲使我有了兩個心得：第一、我這匹馬（我屬馬）如不努力奔跑，到時有『黑馬』超越我。第二、我稍微領略了『眾人皆醉我獨醒』的快感。就在整個澎湖縣浸淫在『薄海歡騰』的氣氛時，至少還有兩個學生『照常去上學』，獨占了偌大的馬公中學校園。……」

我之所以引用這兩段，目的無他，只在說明我其實是「奮鬥」過。文中的「莊姓同學」就是現在經營高雄壽山婦產科的莊啓炎先生。各位可以從我的這兩段引文中看出，他也是蠻「奮鬥」的，如當選「傑出校友」，應是實至名歸。

話說，我獨鍾情於翻譯，有如迷戀上美女，就我而言，我的奮鬥就是我的「迷戀」或「執著」。

　　其實我出道不算很早，大約是大學一、二年級開始嘗試翻譯短篇小說，都是在師大所上過的短篇小說，想來是比較容易著手，並且只投在澎湖的《建國日報》。只是，我的「沉迷」卻似乎是別人所不及的，幾乎達到分秒必爭的程度。記得我在譯某一本書的期間，曾有一次一面排隊（忘記排隊做什麼），一面翻譯，好像是一手拿著原書，另一手就在墊在原書的稿紙上譯起來。請想像，站著排隊又能當場翻譯，未免太誇張了。如今回想起來，只能說是「初生之犢不畏虎」，其實是有點囂張，當時在我後面排隊的人，不知做何感想？不過，後來我每次到醫院看病時，也會利用等著叫號的空檔，坐在椅子上做翻譯，只是那是坐著（對了，在家裡坐著做翻譯，一坐就三個小時，不舒服，就由坐姿改為跪姿，一段時間後再改回來）。寫到這兒，不禁想到林亨華校長的來函中所寫「……文筆如行雲流水，琬琰文章想必倚馬可待」，不禁一陣恐慌。如果是站著寫文章（創作，非

翻譯），結果還可能「行雲流水，倚馬可待」嗎？

　　翻譯是否比創作容易，姑且不詳說。就某一個意義而言，翻譯是「述而不作」，應該比較容易，但是為了忠實起見，字斟句酌也是煞費苦心。每次譯完一本書，就像女人生小孩，發誓以後不再生。翻譯的初期確實有這種心情，警告自己不要再做這種苦差事，所謂「懲於羹者而吹齏」，但每次有了吃東西燙嘴的經驗，下次照樣沒有把它吹冷，就這樣繼續燙嘴下去。每次唸到「綠水本無憂，因風皺面，青山原不老，為雪白頭」，就想：何苦呢，何必當自己的罪人，當那皺面的風，當那白頭的雪？世間本無事，庸人自擾之。好好的綠水，好好的青山，何不放開心胸去欣賞？但是繼而一想：因風皺面，為雪白頭，何嘗不是很詩意的事？毛姆有一天晚上走過英國的「喜劇劇院」，偶然抬頭一看，看到夕陽照亮著雲彩，於是他停下來，「看著這可愛的景色，心裡想著：感謝上帝，我現在能看著落日，而不需想到如何去描寫夕

陽了。那時我的意思是：永不再寫另一本書，只要把我的餘生獻給戲劇。」但是，如果毛姆是詩人，他會為「感謝上帝，我現在能看著落日，而不需想到如何去描寫夕陽」而感到欣慰嗎？「看著落日，描寫夕陽」是詩人求之不得的事。我之所以繼續堅持從事翻譯，除了我可以找到喜歡的作品翻譯之外，翻譯過程也會有「詩意」的靈光一閃時刻。當然，我應該把這種「詩意」描述為「憂患意識般的詩意」，也就是說「發現美妙的對等譯詞」，雖然是很愜意，然而卻需要費心思，且不能隨便踰越原作者，這就是我所謂的憂患意識。

其實，我的大部分翻譯工作都不是很有詩意的。早期，我規定每天要譯多少字，等於用枷鎖束縛自己，整天跟時間賽跑，「聽到時間的跫音」便不在話下，有時趕到與別人約好見面的時間快來不及了，急得臨出門前都要如廁，成為好友揶揄的話題。這當然是很痛苦，但卻不是絕對的痛苦。我曾在一篇文章中

談到這一點：

　　有一個人整天忙得團團轉，卻經常聽到他引吭高歌。另外一個人成天遊手好閒，卻哼不出一條歌。

　　第二個人去請教第一個人，第一個人就告訴他：

　　「道理很簡單，我是在尋找痛苦，你卻是在逃避痛苦。由於我的痛苦是自找的，所以我可以自由地把它結束，當它結束時，我就引吭高歌。我一天去找幾件事情來做，每次結束一件就高歌一次。所以我忙得很，也很快樂。」

　　「那麼我呢？」第二個人問。

　　「至於你！」第一個人說。「你的時間都用來逃避痛苦，所以充其量，你只能避免痛苦，而避免痛苦並不是結束痛苦，所以也就沒有結束痛苦時的歌聲發出來。」

　　我在大三的「英詩」課上學到一首詩，可說是一首寓言詩，因為作者在詩中講了一個故事。有一位國王收集天下百毒，一天服用一點點，當然是控制在不

會致命的程度內。如此經過了幾年，有一天，他的臣下在他的酒中下毒，他喝了卻若無其事。這首詩主要是告訴我們：平常要經歷小小的磨鍊，遇到大難時才不會被擊倒。幾十年來，我都對學生講這個故事，百講不厭，希望他們能有所領悟。

我執著於翻譯工作，在三十餘年的大學教學生涯中，利用教學之餘翻譯了兩百多本書，算是多產，成果良窳姑且不論，但是我秉持「不偷工減料，不加油添醋」的原則，也覺得無怨無悔。在這些翻譯作品中，比較為人熟知的是一九七二年的《天地一沙鷗》，如今翻一翻這本三十三年前的舊譯中的「譯序」，發覺我當時可真「詩意盎然」：

「如今，精衛填海的傳記太邈遠，杜鵑泣血的故事也太淒迷了，龍飛鳳翥只在想像王國裡炫其壯觀，留下的只是海上那隻先知海鷗，與我們心靈遙相呼應，如斯的慈悲，如斯的孤寂，又如斯的豐盛……」

我驀然發現，「孤寂」與「豐盛」仍然是現在的

我的寫照。唯願我能夠忍受「孤寂」所帶來的考驗，至於「豐盛」，我卻要警惕自己：譯著誠然豐盛，但一些舊譯確實經不起考驗，必須重新修改，我仍然有很多努力的空間。無論如何，我仍然必須培養憂患意識。

我的兩百多本譯作與著作不是「萬盞燈籠」，它們中沒有一本「最光明燦爛」，但我仍然擔心它們中任何一本都無法消受任何一陣「清風」所帶來的搖晃。

另一篇「閑情賦」?

人間副刊二月十二日「西洋人寫閑情賦」一文拿陶潛的「閑情賦」與英國詩人丁尼生的「磨坊主的女兒」相比,結論是「中國人的想像比西洋人要豐富」以及「中式的爽絕對敵不過西式的浪。」

讀完「西」文,我想起米開朗基羅寫了一首十四行詩:

「鮮艷的花冠戴在她的金髮之上,它是何等幸福!誰能夠,和鮮花輕撫她的前額一般,第一個親吻她?終日緊束著她的胸部,長袍真是幸運。金絲一般的細髮永不厭倦地掠著她的雙頰與蜷頸。金絲織成的帶子溫柔地壓著她的乳房,它的幸運更是可貴。腰帶似乎說:『我願永久束著她……』啊!……那麼我的手臂又將怎麼樣呢!」(傳雷譯)

這不正是另一版本的「閑情賦」或「磨坊主的女兒」?「西」文的作者之所以說「中式的爽絕對敵不

過西式的浪」，原因之一大概是陶潛並不明顯涉及女
性身體的「胸房」，而丁尼生卻有「承酥胸之餘芳」
的浪漫。如再讀米開朗基羅的這首詩，就可發現，他
不僅明指「終日束著她的胸部」，更第二次強調「金
絲織成的帶子溫柔地壓著她的乳房」，如此說來，比
丁尼生早生三三四年的米開朗基羅是否更「浪」呢？
也許身為雕刻家的米開朗基羅對女性身體的某部分較
敏感吧？

　　陶潛距今一千六百年，米開朗基羅約五百年，丁
尼生也有約一百五十年，但三人的詩仍然是那麼現代
化，那麼生動有趣。其實，就這三首詩而言，米開朗
基羅和丁尼生的想像不見得比陶潛遜色很多，《一生
的讀書計畫》的作者費迪曼說：「所有想像力豐富的
藝術家除非不夠偉大，不然不論在哪個時代閱讀都歷
久彌新」，誠哉斯言。

國會圖書館覓書記

二〇〇六年六月十三日暑假一開始，我跟愛妻搭機前往底特律，再轉到華盛頓D.C附近的機場，由女兒來接我們。此行除了探望女兒、女婿之外，內心很渴望造訪世界最大的圖書館——美國國會圖書館。

到達女兒家後的幾天，我在書店買到了二〇〇四年出版的一本小書《文學良伴》（The Literary Companion），對於愛書及嗜讀作家軼事的我，這本小冊子讓我手不釋卷，愛到不行，不一會就翻閱完畢。書中比較有趣的一個資訊是，美國國會圖書館中有一個特藏的「希特勒圖書室」，作者並列出希特勒生前喜愛的作品（當然少不了他自己所寫的《我的奮鬥》）。《文學良伴》湊巧也有一段文字生動地簡介「美國國會圖書館」：「世界最大的圖書館是華盛頓D.C的國會圖書館，藏書兩千八百萬冊（註），書架加起來總長五三二英哩。如果以每小時七十英哩的速

度開車，則要接近八小時才能通過這個長度……」

　　有一天吃晚餐，身為老外的女婿聽說我想前往國會圖書館一遊，尋覓一些絕版書，不禁幽幽說道，人家到國會圖書館，大概是去印美國憲法珍稿一類的東西，沒聽說像我這樣老遠跑來覓書。其實他自己在D.C住了三年，也沒有去過。我聽他澆冷水，心想心願大概無法達成了。

　　有一次，我在他所開的車上打盹，隱約聽到他在跟愛妻及女兒的對話中提到「國會圖書館」，不禁精神為之一振，但是他們把話題岔開，我也沒有聽清楚女婿提及「國會圖書館」一事的內容。幾天之後再經追問，原來是說他的同事到國會圖書館查所養的狗的譜系，證明是純種狗。

　　某一天，女婿終於跟女兒說，既然要帶我們去參觀D.C附近的博物館，就順便帶我去國會圖書館吧！我聽了很興奮，就像心愛的書失而復得。

　　出發的那一天天氣蠻熱，我們先開車到地鐵站，

然後乘地鐵前往。為了貪求非尖峰時間票價便宜，我們多等了約莫十五分鐘，既然已有大目標，這十五分鐘的等待對愛書如渴的我算什麼呢。

換了一次車後，我們到達最接近國會圖書館的一站，問了幾個路人後到達「獨立大道」。看見路上有些像參眾議員似的路人談笑風生，和樂融融，想起國內政壇紛紛擾擾，心中也不知是什麼感覺，也許潛意識中只想到「知識即力量」。

最後到達「傑佛遜大廈」（後來才知道是這個名稱），門警是位黑膚女人，很殷勤地告訴我們要到對街的「麥迪遜大廈」去辦證，並說那兒八樓的餐廳很棒。這位小姐也許基於膚色認同？也許本性如此？親切得讓人如沐春風。

到「麥迪遜大廈」辦證的經驗也讓我很有感觸：填完表後，馬上照相、印指紋，不久我和愛妻就各擁有一張閱覽證。我們的國家圖書館其實也可以仿照這種比較便民的措施，不必先準備照片去辦證。

　　時間已近午餐時分，女兒提議先到「傑佛遜大廈」的閱覽室熟悉環境，再走地下道到「麥迪遜大廈」八樓的餐廳品嚐佳餚。果然不名虛傳，喜歡吃沙拉的女兒對於這家餐廳的多樣美味沙拉讚不絕口。

　　我天生方向感奇差，記得讀大學時，雖已熟悉搭公車回宿舍的路線，但有一次下車後卻往相反的方向前進，越走越覺不對勁。每次參加旅行團到國外，遇到自由活動時間，與太太分道揚鑣要去逛書店，常常要回頭，告訴自己等一下回來時要左轉、右轉等等，有一次在驚慌中尋覓來時路時，剛好遇到太太要回到原來地方，看到我驚慌失措走過了頭，大呼我碰到她真幸運。真的，我的夢境時常出現迷路的困境，嚇得一身冷汗。

　　所以，這次吃完午飯要單獨走地下道回到「傑佛遜大廈」對我可真是一大考驗。女兒說：「你剛剛怎麼來，就怎麼去。」說起來輕鬆，但是簡單的「坐電梯到地下樓、走地下道、上一樓」對我而言有如走迷

宮，尤其是完事後，還要到寄物處領回寄存的東西，再走出大廈，更是困難重重。但為了覓書只好毅然決然離開要去參觀國會山莊的太太與女兒。

　　皇天不負苦心人，途中問了一、兩個人後，終於到了「傑佛遜大廈」的閱覽室，吃飯前所填的借書單來了一本十七世紀法國神學家賈克斯‧波伊勞（Jacques Boileau）所寫的《詞嚴義正譴責袒胸露背》，發現裝訂線超越內文，不可能完整影印，印了幾頁就放棄了。接著又來了情色作品收集家C‧J‧薛尼爾（C. J. Scheiner）的《情色與性學書籍摘要》。看了序言，才知此公從大學時代就收集這類作品，後來竟做起這方面的買賣。此書是全世界圖書館唯一收藏本（私人收藏不算），我可真幸運啊！再來就是十九世紀法國作家「變狼幻想症患者」培楚斯‧波赫爾（Petrus Borel）的《七篇淒苦的故事》。其間不慎書本掉落地上，引來轟然聲響及一些人的側目，感覺自己像是鄉下土包子來到聖堂中做了見不得

人的事，抬頭一看，只見閱覽室的圓頂約有五、六層樓高，回聲的效果令人不寒而慄。

前面提到國會圖書館書架總長五三二英哩，那麼書是怎麼送到閱覽室的呢？我去送書單時，隱約聽到機器隆隆聲，他們想必是用電動輸送帶作業，縱使如此，有些書當天送單子，必須隔天才拿得到，有的甚至要等一天以上。

帶著豐收的心情走出圖書館，才發覺出口不是早上女兒所認為的方向。好不容易走出出口，又誠惶誠恐問了幾個路人，才到達與太太和女兒相約見面的地點。

兩天後本來計畫到馬里蘭州首府安那波里斯一遊，但女婿認為那兒風景不如已經去過的巴爾的摩，喜歡博物館的他建議還是在D.C參觀博物館。我心中暗自竊喜，因為第一次沒有借到的爾色·維拉爾（Esther Vilar）的《一夫多妻的性》也許可以趁這一次「敗部復活」。可惜回來的消息是，此書仍

然不在架上（難道被雅賊偷去？）但我仍然覓得了約瑟夫·勒曼（Joseph H. Lehmann）的《性，戰爭與幻想》以及瑪莉·安妮·希梅彭尼克（Mary Anne Schimmelpenninck）的《美的原則》。在影印資料時，突然內急，必須如廁，但洗手間要上樓才可得，等電梯的時間隱忍肚子難受的痛苦感覺，苦不堪言，但事後回憶，覓書之樂對照起來更加難忘。

　　本不適合長途旅行的我，憑著「老驥伏櫪」的精神在世界上最大的圖書館中「廝殺」了一番，也有了一點收穫，不免野人獻曝，不知能否激起其他書蟲更精采的國會圖書館覓書之旅？

濃縮版見於96年4月25日自由副刊

註：關於國會圖書館的藏書數目，網路上有資料可尋，最新的訊息是「八千多萬冊」，或「一億兩千八百萬冊（件）」。

風景vs人──北歐之旅異趣

　　八月二十七日開始了北歐五國之旅，第一站是
丹麥。你說，我大概不能免俗，要提到安徒生和他筆
下的美人魚。不，我們是到海邊拍了美人魚雕像的照
片，但在丹麥一天半行程中，讓我印象深刻的卻是參
觀菲德烈古堡之前的後花園之行。那時肚子有點餓，
剛好花園中種有蘋果樹，樹上的蘋果很小，有的掉到
地上腐爛，有的被鳥啄壞。導遊說可以摘，大家不客
氣動起手，顧不得不乾淨，當場吃起來。蘋果雖小，
卻新鮮、甜美，跟肚子餓也有關。當時覺得跟在日本
青森摘蘋果大異其趣，後者雖大，卻不如這兒小蘋果
甜，也許因為青森的蘋果要付費的緣故。總之，在進
入神秘的古堡之前大啖免費野味，讓人有時空錯亂
感。幾天之後在飯店吃的同樣小蘋果，味道就差很
多。我們之中有一位年輕的太太說，她那天在古堡後
花園採蘋果時跌了一跤（也許有偷的感覺，所以會緊

張），不禁噗哧笑出來。

　　冰島之行好像是以騎雪上摩托車最刺激，穿上那套笨重的裝備也感覺很新奇，但我聽到領隊講了一件事，卻也覺得饒有趣味。北歐之旅如不騎雪上摩托車，則有另一選擇，那就是到格陵蘭開開眼界。聽說有一次，格陵蘭天氣惡劣，飛機無法起飛，有一行人被迫在那兒多待一天，但第二天回來時，每個人都多了一大袋行李，一問之下，才知裡面裝的是格陵蘭的石頭。多下來的那一天非常無聊，只能以撿石頭打發。風景之美有時盡，人的無聊有時是綿綿無盡期。

　　下一站是瑞典。到斯德哥爾摩市政廳想像諾貝爾獎頒獎盛況，算是不虛瑞典之行。如要談風景，則非斯德哥爾摩「海上美人」城市風光莫屬。不過我另有一個收穫值得一提。有一天，我在吃早餐時發現有魚子醬供應，就告訴太太和另一個人，同桌有一位太太卻表示，魚子醬味道像豆腐乳，我想起〈哈姆雷特〉中，莎士比亞說大眾不會欣賞某齣戲，用了一個詞：

it was caviar to the general（對一般人而言是魚
子醬），意指大眾不識貨。原來，不會欣賞魚子醬的
人是人不分中外，地不分東西。

　　到芬蘭後，在前往拉普蘭的途中，見識到芬蘭
千湖之國的美，北極圈和北角的風光確實很迷人，親
手餵馴鹿的經驗也令人難忘，但我在同一天讀到了帶
在手邊的〈芬蘭驚艷〉一書中的一段，卻別有感觸。
原來，芬蘭首都赫爾辛基的街道是以小石塊而不是柏
油鋪成，除了踏實又安全外，開車的人只能慢慢開，
否則就須經常花錢進修車廠，換輪胎。我不免突發奇
想：要把台北從繁忙的城市轉換成悠閒的都會，也許
可以從改造街道的路面做起，車子一旦慢下速度，行
人也許就會比較從容。風景美麗的芬蘭搭配行色不匆
匆的市民，正是其他國家的人，尤其是台北人和台北
的政府追求的理想。

　　風景秀麗的挪威當然不能不談。挪威固然讓人
想起維京人的海盜生活，但扣人心弦的卻是峽灣之

美。在乘船遊松內峽灣時，一對荷蘭人夫婦帶著一個可愛的女娃娃，我們中有人要拍她的照，那位妻子很大方把她抱過來，閒聊中忘了欣賞風景（有時風景與人情是無法兼顧的），最後妻子說了一句My coffee is getting cold，我聽成My daughter is getting cold，還說應為女娃添衣，但這位妻子說女兒很暖，這才發現聽錯話，趕忙請她回座。隨後在觀景火車途中，大家發現壯麗的瀑布，頻頻發出誇張的驚呼聲，我也許眾人皆醉我獨醒的心理作祟（有時我覺得旅途中的人生百態勝過美麗風景），不禁靈感油然而生：這些大瀑布只不過是上帝在小便。不是嗎？上帝是崇高的，小便很自然，也很人性，天人合一的境界更加令人驚呼，不是嗎？

風景之外──
地中海遊輪之旅偶感與偶趣

　　五月二十四日開始地中海遊輪之旅。第一次上岸的景點是義大利的熱那亞，港灣的景致美麗且不談，最著名在於它是哥倫布的故鄉。其實，哥倫在原來居住的地方如今只剩幾根廊柱，幾片殘壁，義大利當局沒有刻意維護這個古蹟，但據說為了補償起見，才在不遠處建了一座銅像。

　　在第二次上岸的巴塞隆納，我們看到了西班牙人對哥倫布的更大補償──在巴塞隆納著名的長街中立了一座雄偉的哥倫布紀念碑。顯然身為義大利人的哥倫布在西班牙得到更大的禮遇，這也難怪，哥倫布之所以揚名立萬，是拜西班牙女王之賜，西班牙人以哥倫布為榮是可以理解的，他的一生多少印證了西諺「先知除了在本國，都享有榮耀。」

　　巴塞隆納的聖家族教堂和奎爾公園是兩大參觀重點，在前者之中見識到高第的建築藝術天才，它當然

是壯偉的「風景」，但在參觀奎爾公園時，當地女導遊的風趣卻讓我領略到景之外的情趣。旅行團的一位成員懷疑這位女導遊是阿拉伯人，我壯起膽問她是不是西班牙人，她說是純種西班牙人，太太認為我刺探別人隱私，用中文阻止我，我只好用英語對這位西班牙女人說，我又不是問女人年紀，她竟然說，問她年齡，沒問題，馬上說是四十歲，接著又說，可以問年齡，但不能問體重。其實她很苗條；她是在標榜自己的身材嗎？這算是西班牙人的幽默嗎？女人的體重真是比年齡更是秘密嗎？

之後，我們聽到公園中有人在獨奏小喇叭，開始猜曲子的名稱，這位女導遊頗不以為然，說這個人成天吹的都是那些曲子（〈虎豹小霸王〉、〈屋頂上的提琴手〉等），並做了一個有趣的槍斃手勢。結束參觀後，我說她是很棒的導遊，她對我行了一個屈膝禮（請想像穿牛仔褲的四十歲女人行屈膝禮！）

下一次上岸的地方是帕爾瑪，根據導覽手冊的

描述是「喬治桑和蕭邦追求真愛的樂園」，風景自不待言，風景之外的情史就留待高明的墨人騷客去吟詠吧。

接著是北非的突尼斯，除了體會回教的古城風光之外，我們參觀了巴爾德博物館，館中有一則英文說明提到味吉爾（Virgil）和成名作「艾尼德」，我一時技癢，對導遊說，味吉爾是羅馬大詩人，她卻說味吉爾是希臘詩人，這樣的導遊是否有點人文素養不足？回船之前領隊找了一個景點請這位突尼斯的導遊幫我們拍團體照，大家把數位相機交給她，只見她每次拍照時把相機拿顛倒，手忙腳亂，引起我們的笑聲，只剩我的相機未拍，請她等一會，她竟逕自走開，未加理會，事後才想起，由於突尼斯生活水平的緣故，身為導遊的她也不見得熟悉數位相機？所以我們適才沒有惡意的笑聲對她而言太殘忍了？

突尼斯之後是馬爾他，女導遊在艷陽下說明塔西安巨石神殿的歷史，看到我們成員之中有位老太太

手中拿著一把傘，就對她說，「伯母，妳可以撐傘擋陽光」，老太太說，傘是當拐杖用的，引來些許笑聲。我看到她不久果然打開傘遮陽光，但不一會又收起來。唉，這件東西畢竟不能同時兩用。這位老太太的兒子特別從美國來陪父母旅遊，我說這個兒子是第二十五孝，女導遊笑出來，旁邊很會搞笑的鄭先生（我稱他鄭〔真〕開心）說她是第二十六孝（笑）。

這位「鄭開心」和我們中一些人在下一站西西里島前往名牌等候太太們買LV皮包，買完後他指著放皮包的紙袋說，「只不過是虛榮而已。」我則回以「世界上如果沒有女人，東西就不會那麼貴」。回船後，我突然想到，LV其實可以是法文la vanite（虛榮）的縮寫，不是嗎？

據說，遊輪離港時到最上層去觀賞船出港，情景絕美，但我一直沒有這個慾望，畢竟，風景之外，旅遊時人的角色與人際的互動也有其動人的面向。

That's the way it is

　　遊輪是另一座遠離塵世的星球，卻載動著眾聲喧嘩。

　　遊輪之旅不同於陸上乘車旅行，最後一天會達到一個高潮：送別的party熱鬧登場，〈我的太陽〉（O Sole Mio）的嘹亮歌聲揚起，瞬間轉化為一首感傷的驪歌，旅客頻頻揮動餐巾，卻揮不動濃稠的別情。接著舞曲響起，侍者邀請客人同樂，大家雙手搭肩，跳著兔子舞，樓上大伙工作人員和著音樂的節奏使勁扭動身體。

　　我很羨慕這些遊輪上的工作人員。今夜之後，我就要回到日常生活中去面對凡俗的紅塵，但是他們卻可以每隔七天瘋一次，為客人帶來歡樂，也藉著歌舞忘記自己的辛勞，在迎新送舊中享受不變應萬變的幸福，就像這首〈我的太陽〉中的太陽，過往與未來的乘客有如諸多星球繞著不變的恆星運行。

　　我很羨慕他們，也覺得依依難捨，只能寬慰　自
己下次有機會再來與他們相會：

　　海上惜別的舞與歌

　　是預約下次歡樂的前奏。

　　但他們也許並不幸福，我也不必貪羨。同樣的歡
唱重複多次總是單調。就算是飆舞連連，他們也許心
中想的是：什麼時候脫離這種海上漂泊生活，轉換另
一個跑道，或者也許在想像退休的日子何時來臨，再
不然就是在豔羨著旅客們有變化多端的旅程等著他們
選擇。不變應萬變固然自在，但卻不可能永久，就算
他們真心喜歡這種工作，總有一天要退休吧。

　　此時傳來的薩克斯風樂音有些沙啞，也透露些許
安詳，好似在揣摩退休生涯的遠景。這種氛圍正好適
合沉思：

　　我在學校教書，每年也是送往迎來，跟遊輪上
這些工作人員扮演類似的角色，也許不是提供歡笑，
而是傳授知識，但也可以因此教學相長，忘記工作的

辛勞。每年看到學生畢業離校，而自己仍然留下來，好像學生離開了呵護他們的窩，告別了舒適的知識搖籃，將投入變化莫測的職場打拼，而我則是待在安全的避風港中，也算是一種幸福吧。暑假一到又可抽空去品嚐異國風味，變化一下心情。這些工作人員跟我閒聊，也許會認為這才是真正愜意的生活，眼中閃爍著嚮往的微光。

果真如此嗎？不會有職業倦怠感？不會有退休的念頭嗎？看到學子們終於告別四年大學生活，就要去體驗另一種新鮮生活，能不動心？不變應萬變誠然自在，但卻不可能永久，就算我真的很喜歡這樣一份工作，卻不可能永遠做下去。

遊輪上這些散播快樂種子的人和我一樣終究要告老，然後呢？然後…然後是…另一種不變應萬變。

不變？「告老後終要等到的不變」。我很不願說是「死亡」。

就在此時，音樂的旋律忽然加快，繁弦急管想必

是party結束前的另一高潮，音符在船上活蹦亂跳，
躍向浩瀚大海，不知不覺我的腦海浮現出國前吟哦再
三的一首王爾德長詩中的片斷：

　　「我們將是音符，出現在那首偉大的交響曲中，

　　聲韻盤旋穿過律動的天體，

　　整個活生生世界的心在悸動，

　　將與我們的心合而為一；歲月悄悄爬離，

　　此時已無所驚恐；我們將不會死去——

　　宇宙本身將是我們的不朽！」

　　在樂聲的伴奏下，我試著從這些片斷的詩句中
搜尋答案，來取代「告老後終要等到的不變」：遊輪
是另一座遠離塵囂的星球，聲韻飄過律動的天體，宇
宙是我們的不朽。

　　突然，耳際傳來老伴熟悉的呢喃：「酒店關門，
該走了。」她輕拍我的肩，露出神祕的微笑：天下無
不散的筵席，遊輪不是不朽的宇宙。

　　我如夢初醒，發覺音樂已然停止，怔怔看向正在

整理餐桌的侍者和忙著與客人握手的工作人員，不自
禁對他們喃喃而語：「其實我們可以互相羨慕，也可
以不互相羨慕。 That's the way it is。」

從生態破壞到貧富不均

我的一則簡訊「蟬叫、蛙鳴、露滴嚴重缺貨，已被建商的廣告搜購一空」獲得myfone簡訊文學獎「生活筆紀組」首獎，讓我感到驚喜，余光中老師的評語更讓我驚艷。

當初寫這一則純粹有感於建商覓地建屋，整地大興土木，使得蟬叫、蛙鳴、露滴等生態天籟、美景毀於一旦，殊為可惜。而媒體（尤其平面媒體）大幅登出建商廣告，可說助紂為虐。

余老師的評語，「現代很多豪宅強調住進去可聽知了、蟬鳴，社會上卻只有少數人享受得到，突顯貧富不均」，雖與我的原意有很大的轉折，但指涉卻更微妙。豪宅中可否聽蟬叫、看露滴已不重要，搜購（無論是指破壞生態，還是為富豪搜購蟬叫……）卻是事實，貧富差距也是不容爭辯的社會現象。

我很高興，短短的一句話可以有一種以上的解

釋，尤其第二種解釋勝過第一種解釋，也許這就是
「新批評」的「文本閱讀：將作品孤立起來看」的精
神。我很樂於接受余老師的評語，他不必像顏元叔老
師把「思君如明燭」詮釋為隱含陽具指涉，卻無法請
原作者於地下來為他背書。

一首譯詩的形成

二○○九年十月，我到女兒居住的馬利蘭州蓋色斯堡（Gaithersburg），繼續翻譯哈德遜（W. H. Hudson）的經典《綠廈》（Green Mansions）。住處位於台灣遠方的異鄉，《綠廈》的背景則是比異鄉更遙遠的南美委內瑞拉。

然而，《綠廈》似乎比《綠野仙蹤》更具綠意，更透異國風味，更魔幻，更詩意。在某一個詩意的時刻，男主角對鳥女莉瑪唸出一首西班牙文詩的第一行：

Muy mas clara que la luna

這第一行詩有如主旋律，出現了兩次後，作者才捨得讓全詩十行以完整的面貌出現。十行西班牙詩出現時，我不知所措，無法順心翻譯下去，像一塊石頭哽在心中，有幾天悶悶不樂，寫意的生活戛然而止。

某一天忽然想起，蓋色斯堡鄰近墨西哥，據說墨

西哥人常偷渡到美國境內，謀取較好的生活，住區辦
公處也雇用說西班牙語的墨西哥女性。我懷著緊張兼
興奮的心情跑到樓下辦公室去請教一位墨西哥女性職
員，她把第一行詩譯成英語：

　　You are as clear as the moon
　　（妳跟月兒一樣明亮）

　　我的心情由緊張、興奮轉變為惶恐，好似到口的
美食隨時可能失落，但在獲得第一口美味後，理智輕
聲叮嚀我：在請教全詩其餘部份之前，理應體貼問她
工作是否繁忙？是否可以繼續翻譯下去？她面無表情
地說，工作還挺多的，我只好知難而退。

　　回到台灣，《綠廈》中莉瑪的奇幻之美逼我急
於了解男主角對莉瑪朗誦的這首詩有何奧祕之處。上
網時偶然發現，牛津出版社有一本Ian Ducan的注釋
本，火速上網購買，到手後發現Ian Ducan用散文把
此詩譯成英文，只能排成八行的詩，湊不成十行押韻

的中譯，其中似乎少譯了什麼。心中的石頭仍然無法落下。

系裡不是有一位教西班牙語的女同事？曾經請教過她一段西班牙文，事後致送她區區一千元酬勞。

伊妹兒傳去好一段時間不見回音，打電話給她，她問：詩出自何處？開學很忙，可否請教別人？唉，短短十行詩對她有這麼難？何況我只請她提供重要字語的翻譯。人說，男人最怕被（美麗的）女性拒絕，但我已有兩次這種不是滋味的被拒經驗，一生能有幾次？

最後一策是，某個細雨霏霏的晨早，我騎著單車到耕莘文教院去見西班牙來的沈神父。

沈神父的熱情不知怎麼讓我想起那首《西班牙姑娘》，被女人拒絕的抑鬱心情就在他春風般吹拂的翻譯聲中稍微撫平。

經過與沈神父將近一小時的切磋，終於化解了我的labor of love帶來的負擔，中譯成形：

妳比月兒遠更明亮，

在這世界上

妳出生，獨自地，

是那麼優雅，沒人跟妳比，

妳的匹敵

沒得亮相。

自從嬰兒時代在搖籃裡躺

妳就享有名聲與美麗，

那迷人的魅力，

是幸運之神賜妳的嫁妝。

　　有一個重點不能不提。原詩的作者是西班牙十五世紀從中世前進到文藝復興時代的重要詩人梅拿（Juan de Mena）。天哪，十五世紀的西班牙詩！這首十五世紀的詩曾擊敗了那位墨西哥女職員，因為她當初是把第一行的「妳比月兒遠更明亮」譯成「妳跟月兒一樣明亮」。難道十五世紀的詩也擊敗了教西班牙文的女同事？

　　我分析女同事婉拒的原因。也許十五世紀西班牙詩確實有難度？也許前次一千元的酬勞她不滿意？也許我給她金錢的酬報，有損她的尊嚴？也許她確實很忙？最後，也許……也許她以為我找藉口抄一首西班牙情詩送她……。

　　這十行文字是很像一首古風情詩，我的歷經坎坷的翻譯要獻給可愛的沈神父，也要獻給所有有情男女。

懷古三帖

花

800多年前寫《魯拜集》的奧瑪開儼，應是
「超」世代（喜歡用形容詞「超」）眼中的超古。盛
開在他墳上的梨花與桃花也許俗麗，花香的遊離分子
至今仍然散佈在「超」世代呼吸著的大氣吧。

影星奧黛麗赫本與花何干？她適合去享受50年前
的羅馬假期。不然。在根據哈德遜（W. H. Hudson）
1904年的《綠廈》拍成的電影中，她演了神祕鳥女
莉瑪，最後幻化為男主角心中一朵生生不息的花。
「一朵花在這個世界凋謝，在另一個世界開放。」男
主角在鳥女身亡後這樣喃喃自語。花是永續循環的生
命，天人合一的化境。莉瑪是大自然之美的縮影，人
類亙古追求的夢。

茉莉花的傳說跟太陽神有關。公主因為太陽神
移情別戀憤而自盡，她的墳上長出的是夜茉莉，面對

太陽就收縮，表示她的譴責與恐懼，當然不如奧瑪開儼墓上的桃李那般歡樂、浪漫。如今茉莉花在突尼西亞、埃及等地陸續開放，成為當令的自由之花，似乎沒有沾染傳說的古風。

　　白玫瑰是它的姊妹花嗎？為何都與政治搭檔？看古巴愛國詩人約瑟‧馬提（Jose Marti）如何〈種一株白玫瑰〉：

> 我種一株白玫瑰
>
> 在七月種，也在一月種
>
> 為了那個真誠的朋友
>
> 他對我坦誠地伸出手
>
> 也為了那個殘酷的人，他扯裂了
>
> 我生命的的心，
>
> 我不種蕁麻，不種荊棘：
>
> 我種一株白玫瑰。
>
> 白玫瑰是和平之花，和平是常新的夢

歌

　　在「超」世代眼中超古的貝多芬「弦樂四重奏13
號」中有一個樂節，每夜在我冥想的時刻響起。有一
次，我忽然幻想化成那些顫動的音符，永遠飛翔。然
後在莎拉‧布萊曼的〈天堂陌客〉歌聲中，我又幻想
有一位作曲家把貝多芬這些美妙音符譜成跟〈天堂陌
客〉一樣動人的歌，也由莎拉那震攝靈魂的美聲抒發
出來。鮑羅定〈韃靼舞曲〉的變化多端有幸被轉化為
〈天堂陌客〉的柔情呼喚，有心的作曲家不應讓鮑羅
定專美於貝多芬之前。

　　為何甸馬丁唱的〈在月光中的小教堂〉常在腦
海迴盪，似乎不甘寂寞，想與古典和美聲一較短長？
「直到玫瑰化成灰……直到月光化成土。」愛情一與
歌結合，豈止海枯石爛，也許要更上一層樓──玫瑰
成灰，月光成土。

書

對書的懷古悠悠不絕。

安德麗亞絲-莎樂美（Lou Andreas-Salome）的
《只有你是我的真實》其實也不古老，她的唯一真
實，里爾克，如今還經常躍然出現在名家筆下。教我
如何不能艷羨里爾克？——安德麗亞絲在尼采、佛洛
伊德與里爾克三人中選擇里爾克成為她的唯一真實。

梭羅並不全在白日沉思。自從他有一次在月光
中散步後，就深深愛上了月光中的漫步，寫了一本小
書《夜與月光及高地之光》，在其中表白：「……大
自然既不激進，也不保守。請看月光，那麼文明，又
那麼野蠻。」他一生中鮮少愛情，〈在月光中的小教
堂〉這首歌的浪漫情懷因此與他無緣。

梭羅去世24年後，H・D（Hilda Doolittle）
誕生。跟安德麗亞絲・莎樂美一樣，H・D和佛洛伊德
有過一段因緣，但我懷念的不是她的《佛洛伊德禮
讚》，而是《白玫瑰與紅玫瑰》，只因書中主角是英

國詩人、畫家羅塞蒂的妻子伊麗莎白・希朵兒，在作品中，前拉斐爾運動的神祕氣息穿透紙頁，呼喚著我們，紅白玫瑰的象徵撩撥靈魂深處。

羅塞蒂？不正是發現費茲傑羅所譯的奧瑪開儼《魯拜集》且驚為佳作的英國詩人、畫家？我最終又回到800多年前的《魯拜集》了。

抓住這一天

1.

總以為古羅馬詩人霍拉斯（Horace，65—8 B.C.）是在古波斯詩人奧瑪開儼（Omar Khyyam，1048?——1131）之後，其實奧瑪開儼出生在霍拉斯之後一千多年，霍拉斯的頌詩和諷刺詩也和奧瑪的《魯拜集》相隔一千年，然而兩人的作品卻是那麼「現代」，我都要認為他們是忘年之交。

「我在講話的當刻，殘忍的時間正在飛逝。抓住這一天吧，儘可能不要相信明天。」

「要設想每一天都是你的最後一天；你所沒有期望的每一小時都算是一種驚喜。」

這是霍拉斯。

「南面稱王多麼美妙！」有人想：／有人以為——「未來的天堂多麼幸福無量！」／啊！把現款拿到手，捨棄其他一切；／啊！遙遠雄壯的鼓聲在響。

（梁實秋譯，下同）

「來，斟滿杯，在春天的火裡／丟進那懺悔的冬衣：／時間之鳥只有短短的路程好飛──／看！這鳥兒正在振翅而去。」

這是奧瑪開儼。

全都透露現代主義對「把握當下」的詮釋，差別也許只是：把握今朝的霍拉斯只活了57歲，而有酒今朝醉的奧瑪享有83度春秋的長壽。

霍拉斯的詩作對西方文學家有深沉的影響，如史威夫特、頗普和波伊羅（Boileau）等，尤其是頗普，他在不到12歲時寫了一首類似霍拉斯的頌詩的〈孤獨頌〉，傳為文壇奇聞。

我為霍拉斯不平。奧瑪的《魯拜集》名聲如雷貫耳，一譯再譯，而霍拉斯呢？要用當代自由詩風格把握霍拉斯的機智和固定的詩體形式是有點難度，英譯有限，遑論中譯。

好在他的缺憾在十八世紀由徹斯特菲德爵士給予

一定程度的補償。徹斯特菲德爵士就是以寫給兒子書信出名的那一位。他在信中要兒子學某一個很會利用時間的人，要兒子買一本霍拉斯作品普及版，每次撕下幾頁，帶在身上，上廁所時可以閱讀，不但善用時間，閱讀的內容也會深印腦海。承蒙徹斯特菲德爵士如此看重，霍拉斯想必會引以為榮吧。

　　我的建議（幻想？）是：如廁時讀霍拉斯，上床時讀奧瑪開儼。

　　想想吧，兩千多年前就有像霍拉斯這樣的詩人，在諷刺詩中諄諄告誡世人不要成為金錢、權力、名聲和性的奴隸。如果他現在還在世，他會說：你們忍看滾滾紅塵蒙蔽你們的靈視？

　　大地已反撲，人類應返璞，返璞之道莫若多咀嚼霍拉斯的智慧。

2.

　　霍拉斯的「抓住這一天」，拉丁原文是carpe

diem，應是文學史上最雋永簡短的名言。在我的大學
四年中，這兩個字是我的少數收獲之一。只記得教英
詩的那位外國神父經常提到這兩個字。聽說他還到當
時的寶斗里與神女們周旋。神父與神女之間的媒介會
是carpe diem這兩個字？難道carpe diem這兩個拉丁
字會是神父在打滾於紅塵的神女中尋求返璞歸真之道
的要鑰嗎？

　　甘地說，「生活時要好像明天就會死去，學習
時要好像會永遠活下去」，暗示「生命短暫、學海無
涯」，應該也有carpe diem的影子。

　　梭爾・貝婁也許受到這兩個字的啟發，寫出有名
的《抓住這一天》，描述男主角在走投無路時溜到教
堂，混在陌生人的喪禮中痛哭，1986年改編為電影。
也許我們都應該去欣賞這部小說或電影，從中體會
「抓住這一天」的另一種境界。

　　至於「要設想每一天都是你的最後一天；你所沒
有預期的每一小時都是一種驚喜」則是很高境界的哲

學。我的一個同事患了重症，告訴自己說：我只希望活到60歲，超過60的部份就是我賺到的。結果他賺到了10年。

3.

霍拉斯之後的一千四百多年，法國出說現了一位棄兒詩人維龍（Villon, 1431—1464?），他不到20歲就獲得巴黎大學文學院的藝術碩士，卻也在24歲時殺死一位神父。R.L.史蒂文遜（R.L. Stevenson）在一篇名為〈夜宿〉的散文中描寫維龍在一個寒冷的冬夜，在墓園旁的一間小房子縮著身體寫詩，周圍都是些小偷之流。這一切跟他所寫的詩〈往昔女人的歌謠〉都無法結合在一起。這首歌謠中最有名的疊句是「去年的雪何在？」法文是 Wo ist der Schnee vom vergangenen Jahr? 英文是 where is the snow of yesteryear? Yesteryear 是羅塞蒂（Rossetti）所獨創的字，相等於last year，泛指過去的時光。這種將時間和雪聯想在一起的意象也讓人憶起奧瑪開儼

的「人世間的尊榮…像落在沙漠的雪，皎潔一兩小時
後無影無蹤。」

《22號軍規》（Catch—22）中的男主角曾用英
文和法文同時引用這句名言，可見它的知名度。在
《查泰萊夫人的情人》中，不會人道的丈夫問查泰
萊夫人：「去年的雪何在？……持續一生的東西才
重要」，暗示妻子的外遇就像去年的雪那麼短暫，
不留痕跡。精通德語、羅馬尼亞語、義大利語、波
蘭語、烏克蘭語、意第緒語、法語、英語的奧他利
作家格列果‧馮‧雷佐利（Gregor von Rezzori,
1914—1998）寫了一本自傳傳，就叫《去年的雪》。

4.

維龍去世後的四百年有英國詩人道森（Dowson,
1867—1900）的出生。年輕時時常聽到的那首〈酒與
玫瑰的日子〉（Days of Wine and Roses）原來源自
他筆下：「酒與玫瑰的日子短暫：／從迷夢中／我們

的小徑出現了一會，然後不見／在一場夢中。」

1960年代，布拉克・艾德華茲（Black Edwards）導演了一部同名的電影，中譯《醉鄉情斷》或《相見時難別亦難》，曼西尼為該片寫了同名曲子：「酒與玫瑰的日子／像玩耍的孩子笑著走開…」。電影描寫男女主角為酒癮所苦的悲劇，以及現實社會中難以適應的壓力。

道森的另一名句「隨風而去」（gone with the wind），出現在〈現在我跟辛娜蕾的日子時的我不一樣〉的第三節，詩原名〈Non Sum Qualis eram Bonae Sub Regno Cynarae〉，正好引自霍拉斯的拉丁文，至於「隨風而去」的靈感是否源自奧瑪開儼的「我所有的收穫只有這個『我來像水，我去像風』」，則無從考據。這首詩刻畫一位晚年的浪子無法忘情於往昔情人。第三節第一行是：「我已忘了很多，辛娜蕾！隨風而去」。最後一行是：「辛娜蕾，我已經以我的方式忠於妳」，也是這首詩

中一直重複出現的一行，曾被譜成幾乎同名的歌曲
〈總是以我的方式忠於妳〉（Always True to You
in My Fashion）。瑪格麗特‧米契爾（Margaret
Michell）非常喜歡詩中第三節「那渺遠、略帶悲傷
的聲韻」，就取用了其中的「隨風而去」做為她唯一
小說的書名，因此我們有了《飄》（Gone with the
Wind）這本小說，和《亂世佳人》這部電影。

5.

從霍拉斯「抓住這一天」的智慧，到奧瑪開儼的
「時間之鳥只有短短的路程好飛」，到維龍的「去年
的雪何在」，再到道森「隨風而去」的悵惘，都見証
到詩人以動人的情懷為我們詮釋「生命短暫」的不同
風貌，留下看似平常實則亙古不朽的篇章。

你知道《婚姻的肖像》嗎?

從前,其實也不是很久以前,才20年,有一部電影,叫《婚姻的肖像》(Portrait of a Marriage)。

總是認為它講的是納爾遜將軍、哈米爾頓先生和愛瑪夫人的三角情史。這也難怪,《婚姻的肖像》和納爾遜的情史都涉及三角戀愛,只不過前者是兩女一男,後者是兩男一女。其次,前者的男主角尼可遜 (Nicolson) 和後者的男主角納爾遜 (Nelson) 只差幾個英文字母。

三角戀愛多的是,為何單挑《婚姻的肖像》?因為Barbara Foster等人寫的《戀愛中的三個人》就是沒有這一段 (也許此書作者認為這一段不是傳統的「三人行」)。《戀愛中的三個人》一書還漏了賈克倫敦 (Jack London)、他的妻子和另一個男人之間的三人情。

（別炫學了，你要寫的不是《婚姻的肖像》
嗎？）

（是電影還是傳記作品的《婚姻的肖像》呢？）

（露餡了吧？你並沒有看過電影《婚姻的肖
像》）。

（我本來就很少看電影。原著比較精采。電影看
完後就像做了一場夢，飄飄然走出電影院，無法叫放
映機倒帶。但原著一面看一面整理思緒，還可以衣裝
不整，甚至裸身，在電影院行嗎？）

原著是男主角外交家哈羅德・尼可遜（Harold
Nicolson）和女主角作家Vita Sackville-West（就
簡稱薇妲吧）所生的兒子尼傑爾・尼可遜（Nigel
Nicolson），根據母親的日記和兒子自己的回憶寫
成。也真難為這個兒子了。想想，母親和父親都有雙
性戀性向，記錄他們50年的感情生活和性生活，難免
家醜外揚，也許讀者讀起來也會覺得不舒服，甚至殘
忍。奇怪耶，做兒子的為何寫這些？身後是非誰管

得，滿街聽説蔡中郎嘛，反正出書後有一段時間滿街聽説尼傑爾・尼可遜就是了。

尼傑爾・尼可遜在原著中是這樣説的：「我知道一切後〔指母親的同性戀〕，更加愛她，父親也一樣，因為母親受到誘惑，因為她脆弱。她是一個叛徒…她為愛的權利而戰，包括愛男人與女人，拒絕婚姻的傳統，包括婚姻所要求的排外的愛，以及女人應該只愛男人等等。為此，她準備放棄一切。是的，她也許瘋了…但那是一種莊嚴的愚蠢。她也許很殘忍，但那是英勇的殘忍，我如何能輕視這種激烈的熱情？」

家醜外揚變成了揚善？

薇妲本人的眾多作品似乎對自己的同性戀沒有著墨。我們只知道她也寫了很多詩，甚至在小説《海上沒有路標》（No Signposts in the Sea）中描寫男主角要搭船去旅行但卻沒有目的地，作者也用了詩：「那艘船要去的陸地在哪裡？／它穿上整齊的服裝歡

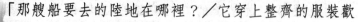

喜地出現，／在拂曉時像雲雀般活力充滿，／是要前往夏日的海還是白雪的極地？」

　　所以，我們就來談現實生活中薇妲的同性戀對象。她的第一任女性情人是蘿莎蒙・格羅斯文諾（Rosamund Grosvenor），薇妲暱稱她為「玫瑰」。「玫瑰」大薇妲四歲，兩人共有一位女性家教。長大後，薇妲愛上了「玫瑰」，在日記中透露：「哦，我敢說我隱約知道我沒有權利跟蘿莎蒙共枕，我確實不應該讓任何人發現此事。」

　　第二任是法國女作家懷娥特・崔佛希斯（Violet Trefusis），名字中的Violet其實就是紫羅蘭。（又是玫瑰又是紫羅蘭。聽說，多情的英國人為了慶祝納爾遜情史中納爾遜將軍的「特拉法加之戰」Battle of Trafalga 200週年，特地把一種玫瑰命為「愛瑪・哈米爾頓女士」Lady Emma Hamilton，即納爾遜將軍的情人，花苞呈美妙的暗紅色，還有少許橘色，算是珍品）。這位懷娥特・崔佛希斯寫了一本著名

的小說《英國刺繡》（Broderie Anglaise），描述她和薇妲的同性戀，兼及女作家維吉妮亞·吳爾夫（Virginia Woolf），也是對後者所寫的《歐蘭朵》（電影《美麗佳人歐蘭朵》）的回應，奇怪的是，《英國刺繡》在巴黎出版時，維吉妮亞和薇妲都不知道它的存在。

第三任就是鼎鼎大名的維吉妮亞·吳爾夫，她的《歐蘭朵》描述了這段情，《婚姻的肖像》的作者尼傑爾·尼可遜說此書是「文學中最迷人的情書。」

當然，《婚姻的肖像》是以第二任的懷娥特·崔佛希斯為重心。薇妲與懷娥特第一次見面時是十二歲，懷娥特是十歲，兩人是在二十歲前有了關係。後來兩個女人都跟男人結婚，但事實上，兩人私奔了幾次。一起出去時，薇妲都化裝成男人，就像她們之前100年，喬治桑跟蕭邦住在西班牙的瑪約卡島時，喬治桑也是穿著男裝。

（西班牙的瑪約卡島！知名的蜜月聖地，遊輪

之旅去過，但無緣到喬、蕭兩人的住處目睹那臺還在
島上的鋼琴。啊，好想讀一讀喬治桑的《瑪約卡的冬
天》，總覺得「瑪約卡」三個字配上「冬天」才夠文
學，才夠音樂）。

　　有一段有關電影《婚姻的肖像》的影評，描述薇
妲與懷娥特之間的兩情繾綣：「爐火邊，暗室裡，小
湖上，樹蔭下，人影雙雙，難分難捨，處處皆是伊甸
園」。這未免太文藝了，當然也只是《婚姻的肖像》
中的一部份而已。

　　其實，懷娥特後來和追求她的鄧尼斯結婚後，曾
經引起薇妲很強烈的憤怒與嫉妒。兩個女人雖已婚，
但卻發誓不與丈夫有性關係，只是懷娥特竟然與薇妲
的丈夫尼可遜捲入第三情，讓薇妲情何以堪，於是她
就藉口斬斷與懷娥特之間的「情絲」，回到尼可遜身
邊。這些都是兩人情史中的波瀾與波折。儘管如此，
兩個女人仍然彼此忠實，深深相愛，偶爾還會偷情。
懷娥特寫給薇妲的信最能顯示她對薇妲的深情，而薇

妲在幾年後寫給懷娥特的信則更證明兩人的愛不曾真
正結束，就算幾年後接到對方的電話，也會潸潸淚
流。

《婚姻的肖像》其實不只是兩個女人與一個男
人的故事，它也是三個名女作家的同性戀故事，很是
難得，尤其是男主角外交家哈羅德‧尼可遜居然給予
妻子同性戀的完全自由（也許是因為他自己也有同樣
傾向），令人嘖嘖稱奇，說它是一部走在時代潮流前
面的作品也不為過。真實生活中竟有這樣錯綜複雜
的……迷情。

從前有部電影，叫《婚姻的肖像》，不，從前有
一部名著，叫《婚姻的肖像》，裡面的真實婚姻與愛
情故事非比尋常，似乎召喚著傳記、小說的愛好者以
及酷兒、同志讀者：來讀我。

湖與海──
一段似水年華的記憶

　　上機場洗手間都會迷路的我，沒有資格炫地理名詞，似乎也不大適合寫遊記，除非我學普魯斯特寫小小的「追憶似水年華」。這次克羅埃西亞之遊就像「似水」三千，我只能取其幾瓢。水是記憶，而湖與海集記憶的大成。

　　巴爾幹半島似乎不應是歐洲火藥庫，六千公里的海岸線，僅憑濺起的水花、漣漪就足以澆熄戰火吧？就別提巴爾幹了，因為我們沒去保加利亞、羅馬尼亞、阿爾巴尼亞…雖然那兒也不缺湖與海。我們去的地方是斯洛凡尼亞、克羅埃西亞和蒙特尼格羅。

　　斯洛凡尼亞和克羅埃西亞的美不僅在景點，更在沿途綿綿不絕的海岸線，一路美到底。

　　斯洛凡尼亞有湖叫布列德。這個湖是我此行的第一個水的記憶。又有個地方叫波斯托那，歐洲最大的鐘乳石洞就在那兒。我們在裡面合唱〈望春風〉，測

試迴音之美。鐘乳石洞中的人色魚在水族箱中呼吸，那水在春風中瀲灩。

巴士像「輕舟」，載動二十六顆期盼的心到克羅埃西亞的十六湖。聽聞九寨溝要與十六湖媲美。然而十六湖還分上湖、下湖；下午遊上湖，隔天上午遊下湖。湖水激灩，集水的記憶的大成，上湖是下午的記憶，下湖是上午的記憶，十六湖是三百六十五個日子的記憶。三小時徜徉其間，讓人直覺處處飛瀑，百水淙淨，千湖競豔，萬靈淨澄，總之，每個毛孔吸足芬多精。

薰衣草島哈瓦島是我們特有的行程，似乎無關追憶似水年華，只不過聽女領隊說，薰衣草島女人特美，她要我們端詳當地那位女導遊來驗証真假。下了巴士，我對這位女導遊說：「我們的領隊說，薰衣草島上女人都很美，包括妳」。她笑得花枝亂顫，趕忙拔起幾株過季的薰衣草，直說聽了我的讚美，草嗅起來更芬芳。島女美如水，由不得我不想起台語用水形

容女人的美。走在路上的女人也因島而美。我對吃完
午餐後還在聊天的團中美女們說：不要晾在這裡，到
街上走走，讓行人看到妳們變得更美。

「輕舟」過了萬重水，駛到亞得里亞海的「初戀
情人」，叫杜布羅尼克古城。以前翻閱愛琴海遊輪之
旅的資訊，遊輪停靠的前幾站都是熟悉的義大利、希
臘、土耳其的城市，唯獨最後一站是克羅埃西亞的杜
布羅尼克，不禁心生嚮往。如今登臨古城一覽全貌，
仔細品味一層層紅瓦笑傲藍海的疊景，親炙杜城的美
之後，果真會減弱愛琴海遊輪之遊的興緻嗎？

自由活動時間我們團裡有五男一女租了一艘玻
璃底漁船，繞一座小島遊亞得里亞海。海，到處都是
海，同船的翁先生說，我們來請船夫把船開到西邊不
遠處的威尼斯再回來，他想的還是以水著稱的水都。
但海風輕輕吹開我對歷史的記憶。荷馬史詩《奧德
賽》中的尤利息斯就是在附近的米傑島（Mejet）為
女妖所迷。年華早已逝去，逝水仍然盤桓。尤利息斯

流浪時原來也享受過湛藍的亞得里亞海，只是他當時
思念家鄉的心情想必更藍。好幾百年後，愛爾蘭作家
喬易斯就在被稱為亞得里亞海手臂的義大利港市翠雅
斯特（Trieste）開始構思二十世紀文學鉅作《尤里
息斯》，倒不是喬易斯喜歡翠雅斯特勝過米傑島吧？
畢竟米傑島不適合居住、寫作。兩個尤利息斯，兩個
截然不同的時代，卻都跟海有不解之緣。我對著起伏
的深藍海面沉思，想到義大利之旅的行程應該設計翠
雅斯特這個景點，好讓我們在那兒多體驗海員的漂泊
生涯和海港的迷人風華。

　　漁船行駛大約十分鐘，眼睛為之一亮，遠處海
岸邊成群的男女在裸泳，想必是觀光客中最多的德國
人。他們熱衷天體海灘，不在話下，亞得里亞海海岸
點綴著天體海灘因此不足為奇。

　　Ana Ivelja-Dalmatin 寫了一本《杜布羅尼克，
一千個美麗的臉孔》。杜布羅尼克的美都拜亞得里
亞海之賜。文學家那句讚美海倫的「這就是那個使

得一千艘船下水的臉孔嗎」，用在杜布羅尼克上，「一千個美麗的臉孔」也許就要使得一百萬艘船隻下水囉。每天在海上緩緩行進的無數船隻都是為了一睹杜布羅尼克的真面目，就像文學家所說的，那一千艘船都是為了爭奪美麗的海倫而下海作戰。

　　對了，對海與水的記憶不能遺漏素有「小杜布羅尼克」之稱的「科庫拉島」（Korcula）。它是馬可孛羅的出生地。猶記得團員中一位小姐在巴士上喃喃說，「科庫拉島，哥倫布的出生地」。馬可孛羅與哥倫布相差一萬八千里，但這卻是個美麗的錯誤。也許她知道，明年（2013年）五月，遊輪「亞得里亞海之珠」「哥倫布2號」將下水首航，途經杜布羅尼克、薰衣草島，讓她產生這個美妙的聯想。哥倫布集海的記憶的大成，而這個美麗的錯誤為我這段似水年華的回憶平添了一則波浪般的驚喜。

旅途歌聲

　　何必言老？又何必為「開到荼蘼花事了」傷情？不應彈「夕陽無限好，只是近黃昏」的老調，「日倦西去晚霞紅」才是新詞吧？何不與老伴攜手採幾朵晚霞，珍藏在記憶的行囊，可以同樂，也可孤芳自賞。縱然青絲不再，華鬘遠颺，或孤城當落暉，已無從從容樽俎，然我們兩人當下卻仍有餘興與餘力玩味記憶中幾朵晚霞的紅光──旅途中的歌聲。

　　那年的某個黃昏，落日徘徊在捷克那座著名教堂的尖塔上方，編織著晚歸的夢，我跟旅行團的一些成員坐在教堂台階上，等著妻子們到幾個街區遠的地方買手工肥皂回來，晚餐就安排在對面的餐廳。不記得菜色，就算美食飄香，也不如手工肥皂從手提袋中爭先散發的麝香那樣沁人肺腑。

　　就座後赫然發現最前面地方有個小舞台，一個小

　　樂隊正悠閒地調著音。我們陶醉，不因酒酣耳熱，只因那手風琴傳來妙曼樂音，為味蕾助興。雖已正式演奏了四、五首當地名謠，每次手風琴一起音，帶動百音齊鳴，我仍然恍如置身笙簧初奏的幻境、情竇初開的剎那。

　　妻問領隊，能否點一首曲子讓他們演奏。可以的。她一聲歡呼，一腳雀躍。「我要點〈Will You Still Love Me Tomorrow?〉（〈你明天仍然愛我嗎？〉）。」唉，這兒是布拉格，布拉格再怎麼春天，他們也不會這一首。她說，那就〈Que Sera, Sera〉（〈世事不可強求〉）好了。說時遲那時快：

　　When I was just a little girl／I asked my mother／what will I be…

　　（當我還是小女孩時／我問母親／我將來會是什麼樣子…）

　　五十八歲不算老，只要妳一直唱「When I was just a little girl…」，只要台下渾然不覺時光遞

音溜逝的旅者聲嘶力竭的合唱，壓過樂隊，把不饒人的歲月趕到餐廳外與夕陽合照。

不記得是第幾巡的「what will be will be」了，她在醺醺然中還記得很快掏出十歐元小費。才十分鐘，她似乎用十歐元換得一個神奇異國的萬種風情。「世事不可強求」的感傷轉化成「隨心如意」的快意。

大約五年後，幾乎同樣的場景，只是國度換成了澳洲，時間不是傍晚，是澳州初夏的正午。舞台上沒有樂隊，但有人在勁歌。突然主人笑逐顏開，以中氣十足的澳洲腔美語宣佈：今天有台灣來的旅行團貴賓光臨，我們來唱一首歌歡迎他們。在一陣「Taiwan Number One」的歡呼中，於是熟悉的「好一朵美麗的茉莉花」開始傳唱滿席的旅人：

「芬芳美麗滿枝椏／又香又白人人誇

Taiwan Number One！

「讓我來將你採下／送給別人家／茉莉花呀

茉莉花

Taiwan Number One！ Taiwan Number One！

　　南國姑娘茉莉花聽到英語Taiwan Number One的
呼喚毫不羞澀，竟然水乳交融，當場送作堆。鬧洞房
的台灣客人對著塞過來的麥克風使勁地接龍高歌，嘉
年華的風潮在雪梨的正午達到高峰，卻讓人想起牧神
午夜的狂歡。妻多貪唱了一句。

　　我對她說，妳上去唱〈Que Sera, Sera〉如何？
她臉頰泛起兩朵晚霞般紅雲，預示雪梨將有美麗的
黃昏。在布拉格那家餐廳演奏的那首〈Que Sera,
Sera〉似乎歷經五年的漂盪，飄過浩瀚太平海，於此
時乘著〈茉莉花〉歌聲的翅膀，在她腦海中流連。
她不忍驚動茉莉花的翅翼，唯恐被普契尼寫入《杜蘭

朵公主》中的〈茉莉花〉旋律會走調，尤其「好一
朵美麗的茉莉花」正與「Tawan Number One」搭得火
熱。五年前聽完所點的〈Que Sera, Sera〉後的心滿
意足，經過些月的淘洗，仍然沒有被不饒人的時光沖
淡。她沒有上台唱〈世事不可強求〉。

　　再過一年，我們在前往克羅埃西亞的途中先到
斯洛凡尼亞世界最大的鐘乳石洞。那天早晨領隊要我
們選一首著歌，測試洞中回音之美。〈望春風〉脫穎
而出。其實洞內清涼宜人，不用「清風對面吹」，倒
是「十七八歲未出嫁」正是退休年紀的解毒劑。唱到
這一句，大部份是銀髮族的我們彷彿個個鶴髮童顏，
歌聲喚回了青春的肉體。唱啊，唱啊，把十七八歲唱
回來，從十萬哩外的台灣唱到斯洛凡尼亞這個陌生
地，歌聲那麼含蓄，一定不會驚醒洞內的人魚。有客
家人補了一句客語版的「客妹壯有膽…不怕土地很貧
破。」我們都放膽高歌，不怕喉嚨很貧破。

　　妻告訴我說：「這『十七八歲未出嫁，見著少年家』不正呼應了〈Que Sera, Sera〉中的「當我還是小女孩時／我問母親／我將來會是什麼樣子…？」這首Taiwan Number One的台灣名謠望春風，此時也似乎輕輕吹拂著那首在 Taiwan Number One的歡呼中唱出的茉莉花。三首名歌從此結合成難能可貴的人間天籟。

　　何必言老？晚年的記憶中會有旅途的歌聲響起，晚霞是忠實聽眾。

我的書中的康德

1.

第一本是五十多年前，我偷了母親開雜貨店時賣的香菸去跟縣立圖書館管理員換得的作廢書——郭鼎堂著的《塔》——如今已破舊得沒有封面了。書中的第一篇小說〈Lobenicht的塔〉，描寫康德有一天早上打開書房南邊的窗子，看見鄰居的一排白楊樹擋住了遠方的景色，就要男僕去請鄰家把白楊樹砍了。男僕很煩惱，跟女僕說「我們又要搬家了」。前不久，康德住在別地方時，就嫌鄰居的雞擾人清夢，硬要對方把雞讓出來，無論多大的代價都在所不惜。

（我把這一段告訴我太太，她說，康德得了雞，一定把牠宰掉，我倒沒有想到這一點）

那次鄰居不肯讓，康德只好搬家。

（康德以怕噪音出名，甚至憎惡音樂，但我要不揣淺陋，説聲「那算什麼」，我連洗澡時蓮蓬灑水聲

都嫌吵，總是匆匆洗畢，重享寧靜之樂）

　　當初一隻雞的問題都不能擺平，遑論現在是一排白楊樹了。但結果鄰人竟然答應了。原來，三年前這位鄰居跟康德有一段緣。當時康德住在公主街，有一天在哲學街散步，不小心跌了一跤，有兩個不相識的婦人走過來攙扶他，而他手中正拿著一朵玫瑰，就送給了較年輕的那位。這個女人如今成為康德的鄰居，那朵玫瑰的代價竟抵得上一排白楊樹。

　　（這個女人把康德給她的玫瑰供奉在首飾匣中，這是含情脈脈的浪漫；L.P.史密斯那篇小品文〈玫瑰〉描述一個義大利男人在女友的花園等她久久不來，就生氣地折下一個玫瑰枝，種在自己的花園，結果花枝繁茂，再剪下玫瑰枝送給別人栽種，開出的玫瑰照樣「生氣地燃燒著那義大利情人的熱情」，這算是熱情如火的浪漫）

　　這篇〈Lobenicht的塔〉繼續描述說，康德「平生所最尊敬的只有兩個人：一個是牛頓，一個便是盧

梭。牛頓指示了他以頭上的星空，盧梭指示了他以心中的道德律。」

2.

　　上面這段文字有點拗口。但是五十幾年後，我在讀赫拉巴爾的《過於喧囂的孤寂》時，才了解到，文學雖然不像科學那樣是進化的，但文字卻會進化，請看《過於喧囂的孤寂》中的這一段：「…我找來一本康德的著作，翻到那永遠使我感動不已的段落…有兩樣東西總使我的心理充滿了新的、有增無減的驚嘆…頭上的星空和我內心的道德法則…」赫拉巴爾欲罷不能，繼續引用康德：「夏天的晚上，當滿天繁星在抖動的光亮中閃爍，一輪明月高懸時，我便漸漸陷入一種對友情加倍敏感，對世界和永恆不屑一顧的心態之中…」。這就是了：「頭上的星空和我內心的道德法則」。這些文字還是從外文譯成的中文呢。

　　（那陣子，我的錢都用來買英文書，中文書就只

侷限於有關書的書，且都用在刀口上，這本《過於喧
囂的孤獨》算是很值得的投資）

3.

有很長的一段時間，海盜版洋書充斥，我不能
免俗，買了不少，其中一本是《康德的哲學書信集》
（包括他寫給別人以及別人寫給他的信），封面是紅
底黑圖，頗為不俗。康德在一封信中甚至把婚姻的性
關係視為不道德，把浪蕩子等同於食人族，讓我覺得
康德可真無趣到不行，怪不得J.H.朗伯特在寫給康
德的信中只能跟他談到「頭上的星空」：「就在晚餐
後，我一反平常的習慣，進入了房間，從窗子眺望星
空，特別是銀河，在一張四開紙上寫下我當時的想
法：銀河可以視為恆星的黃道。」

J.H.朗伯特就是被康德讚譽為德國最偉大天才
的名數學家、物理學家和哲學家，也以跟康德道通信
知名，兩人有共同興趣，但朗伯特前述這個「銀河可

以視為恆星的黃道」的想法，康德在六年前就構想出來了，此後並在與別人的通信中一再強調這一點，例如，他在1791年寫給J.F.簡希呈的信中就說，「銀河是一種移動的恆星的體系，類似行星體系，這個想法早在朗伯特於他的《宇宙論書簡》中發表類似理論的六年前，我就構想出來了。」康德不能或忘「頭上的星空」，他的天文學發現不肯讓人掠美。

在這部《康德的哲學書信集》中，我們難得發現有一個貌美的女孩寫給了康德三封信。她叫瑪麗亞，是康德的仰慕者法蘭茲男爵的妹妹。瑪麗亞愛上一個男人，但也許被他始亂終棄吧。然後她又愛上第二個男人，但有一段時間沒有把先前的那一段情告訴這第二個男人。等到她終於說出來後，情人就開始冷落她。於是她寫信給康德尋求忠告。康德回信說，雖然我們有不說謊和保持真誠之心的義務，但是，如果我們無法把心中所有的祕密都告訴我們所愛的人，那也是可以原諒的；不能對一個人完全開誠佈公，這是

先天存在於人性中的矜持或靜默，並不構成性格的弱
點。如果信到這兒結束，也許瑪麗亞會感到安慰，
看開一切，但是偏偏康德喜歡道德說教，又在信中
補了一段，他說，就算瑪麗亞己向男友坦承先前對他
隱瞞第一段情，但如果動機是想要求得心安，而不是
真正感到悔意，那麼，這種坦承也不是什麼道德上的
光采。瑪麗亞看到這句話，心中想必想著：做人好難
喔。不過接下去的一句卻是中規中矩。康德說，瑪麗
亞不應該太在意新情人變心，如果他的感情回歸了，
那種感情也許是只是涉及官感罷了。信的最後一句就
有學問了。康德說，「何況，人生的價值並不取決於
是否獲得快樂。」康德顯然不會同意享樂學派伊辟鳩
魯的看法：快樂的感覺不但是「善」的標準，也是最
高的善。總之，這位瑪麗亞在寫完第三封信的九年後
自殺了，雖然她在第三封信中說，儘管她瀕臨自殺邊
緣，但她不會基於對道德的考慮和朋友們的感覺而自
殺。

（我用渴望的眼光瞄了一下書桌上那兩本我很想翻譯的英文書：一本是有關《魯拜集》作者奧瑪開儼的傳記小說《有酒今朝醉》，另一本是H.D.色格維克著的《一個享樂主義者的回憶錄》）

康德只回了瑪麗亞的第一封信，沒有回第二和第三封信，而是把信轉寄給他的一個朋友的女兒，警告她凡事不要想太多，要控到自己的幻想。跟據這本書書信集的編者和英文譯者的說法，康德儘管深具洞察力和自由主義情懷，但卻不熱衷於女權，也不關心聰明的女人在一個只是把她們視為有用裝飾品的社會中所遭受的挫折。

（如果康德像我一樣有一個妻子和兩個女兒呢？）

4.

毛姆在所著的《隨心所至》（The Vagrant Mood）中也軋了一腳。他在這本書中的一篇〈某書的

讀後感〉（某書是指康德的《判斷力之批判》）裡寫
到了康德，饒富趣味。我當時是從書訊中知道這有這
篇文章才花了很高代價買到此書。這篇〈某書的讀後
感〉的第一節也出現在夏濟安、夏志清兄弟所編的
《現代英文選評註》，一開始時是描述康德的規律生
活，語氣很像〈Lobenicht的塔〉中開頭的幾段。對
了，談到康德的生活很規律，〈Lobenicht的塔〉中
還有一段敘述：每當住在康德街上的人看到他穿著一
身灰衣、偏著頭，從門前走過，都會爭著說道「七點
鐘了，七點鐘了，康德教授上大學去了。」於是錶停
了的人就在此時調好時間，錶快錶慢的人也都在此時
撥正過來。「康德教授的日常生涯在他們看來就好像
白日經天，比他們所有的鐘表還要規整一樣。」

　　（此時我的鬧錶突然響起，提醒我半小時已到，
該起身活動痛腰了）

　　毛姆的這篇文章也談到當地人們把康德當活錶來
對時，不過不像〈Lobennicht的塔〉一文中所說的，

康德每天早晨準時七點去大學上課，而是說康德有每天下午準時去散步的習慣，風雨無阻，準時從家中出發，下雨時就由僕人幫他撐一隻大傘，只有一次沒有在午後去散步，因為他收到盧梭的《愛彌兒》，迷得無法脫身，在家待了三天。

（現在我有在清晨散步的習慣，之前則是慢跑，下雨時照樣跑，是自己撐著傘跑，當然沒有僕人。毛姆說，康德的衣著很整潔，那是他在當教授的時候，他年輕時不知是否像我內衣前後、內外穿反在街上逛？）

根據毛姆的說法，康德上課很幽默，跟客人吃飯時常講幽默故事，腹笥中儲存了不少笑話。

（我的一位大學同事說，他想退休的理由是，他講的笑話學生不再笑了。有一位老教授上課愛講笑話，講完一個就當場在筆記本上劃掉一個。前陣子我去參加銀髮族歌唱班，建議第二節上課前由學員上台講笑話，老師說，你先講，結果我幾乎包辦了一期的

笑話，江郎才盡後第二期就沒有再去上課了）

5.

最近上網買書買得很兇，《康德臨終前的日子及其他》是其中之一，作者是有名的湯瑪斯‧狄昆西，也是《一個鴉片吸食者的自白》的作者，他在做為書名的那篇長文劈頭就說，一個讀者對康德完全無動於衷，就是等同於這個讀者沒有智力。讀者們，看到了嗎？代誌大條了。康德的日常生活雖有點看頭，作品卻很難懂，所以無動於衷的讀者恐怕一簍筐，看來這些讀者只有眼巴巴地被視為沒有智力了。

狄昆西說的是場面話。我們還是回到這篇長文的重點。

狄昆西在文中假借康德的男秘書或書記華希安斯基的口中記述康德的老年及臨終前的日子。華希安斯基是康德的學生，曾當過他的書記，離開大學後康德完全忘記他。十年後，他在一次婚禮派對上

偶遇康德，康德非常關心這位從前學生的近況，經常邀請他一起吃飯，兩人成為忘年之交。華希安斯基說，康德老年時無論冬夏都坐在爐旁，望著窗外古老的Lobenicht的塔，其實他不見得看到塔，只是這座塔在他眼中就像他耳中的遠方音樂，他總是在微光和寧靜中對著塔沉思、幻想。雖然他老了，卻有勇氣面對，有一次當著華希安斯基面前對一群朋友說：「我老了，很虛弱，像小孩，你們必須把我當小孩看待。」這讓人想起T.S. 艾略特所寫的「我老了，我老了／我將捲起我的長褲褲腳。」有一天，華希安斯基看到病危的康德躺在床上，眼光茫然凝視，雖然黯淡無光，卻顯得安詳。他問康德是否認得他，康德沒有說話，只是把臉轉向他，做手勢要華西安斯基吻他，華希安斯基知道，康德想表達他對他們之間長久友誼的感激心情。他回憶說，「⋯我不曾看到他賜給任何人這種愛的表徵，除了一次，就是他臨死前的幾天，把他的妹妹拉過來，吻了她。這一次他給我的

吻，是證明他認識我的最後記錄。」

　　康德在早年時曾寫了備忘錄，希望葬禮在清晨舉行，儘可能不要有噪音和騷動，只要有幾位私密的朋友參加。華希安斯基身為遺囑執行人告訴康德說，這是幾乎辦不到的事。於是康德把備忘錄撕毀。他跟華希安斯基之間的友情多麼深厚啊，還記得嗎？康德說過「⋯我便漸漸陷入一種對友情倍加敏感，對世界和永恆不屑一顧的心態之中⋯」

　　結果是可以想像的，來參加康德葬禮的人潮排成了無止盡的行列，還舉行了莊嚴的音樂禮拜式。

　　雖說身後事猶其餘事，但生前不喜歡噪音和音樂的康德終究逃不過世俗的禮數！

湖水細數多少風流人物

　　青翠荽蔥的草原斜坡上點綴著數隻幸福的瑞士牛，悠哉地咀嚼著肥嫩綠草。坡度也許很陡，但牠們是幸福的牛，陽光灑下絲絲金線，似乎把可愛的牛兒緊繫在大地的胸脯上。

　　為何幸福？我忘了是我看到這美景後兀自獨語：我寧願來瑞士當牛，還是遊覽車上一位十來歲的男孩有感而吐露出這句童言真語。

　　大約十年後，瑞士之旅的目的地是三大峰。記得看過一篇文章，描述在高空飛機上等著看到白朗峰峰頂的興奮心情，當時我也興起到瑞士化為白朗峰雪頂的痴念。青青草地上的牛固然動人心魄，摩雲插天的白朗峰則任我神遊太虛，但我卻也心繫此次行程中日內瓦湖（萊芒湖）北岸的一座類似黑牢的錫雍古堡。白朗峰豈止淨化胸臆，洗除俗塵，似乎也對照了黑牢，瞬間，還未謀面的錫雍古堡卻清晰地浮雕在我腦

中。

在這座牢中坐過黑牢的人名叫龐尼瓦修道院長，坐牢的原因是他主張改革以及日內瓦獨立，後來果然被當權者用鐵鍊栓鎖在古堡，繞著石柱踱步的腳印清楚可尋。這樣一段歷史熱愛自由的拜倫當然興緻勃勃，於一八一六年來此參訪，並在石柱上刻下名字，又寫了名詩《錫雍的囚徒》。唉，真無趣，破落的古堡！慕三大峰之名而來的朝聖客也許會在內心這樣嘀咕，什麼拜倫啊？沒聽過，如果是名牌包的鼻祖還有點新意。

花錢買門票進來，又有中文解說員，姑且聽她的京片子解說。

「五百年前拜倫來到這兒，還寫下他的大名。」

「五百年前？不對吧，拜倫是十九世紀的人，」我脫口而出。

「哇，教授！我故意說錯，看看有沒有人改

正。」

　　她怎麼知道我是教授？因為只有教授才知道拜倫
不是名牌包？但我還是佩服她的機智，儘管我被她說
得醺醺然。這幾句話竟然像一段雋永的名曲，銘刻在
我心海，旋律一再殘留，有如纏繞龐尼瓦的腳鐐驅之
不去。心海再如何廣闊，我的虛榮感畢竟囚禁其中。
解脫之道？化為幸福瑞士牛？求助白朗峰？不，心病
是需要心藥。回國後，我決定把心思投注在名人行止
於日內瓦湖畔的過往，行於時間長廊中。不知不覺，
歷史中那不舍晝夜的湖水終於澆熄了被那幾句話點燃
的虛榮火苗。

　　那就從與龐尼瓦有淵源的喀爾文開始吧，尤其因
為他們都主張宗教改革。但是最讓我心儀的是，喀爾
文在健康開始走下坡時，私密的生活都在日內瓦湖度
過，一面喝紅酒一面讀聖經。晚年時，朋友們擔心他
這種生活不合養生之道，他回答說：「什麼，你們希

望上帝來的時候發現我無所事事？」耶穌曾把水變成酒，日日浸淫日內瓦湖的喀爾文想必把湖水想像得比紅酒芳醇。

伏爾泰人生的最後二十年也在日內瓦湖附近的費爾尼消磨，且相當好客，也許天性使然，但我猜也可能湖水就是他的滄海，因此肚裡能撐船，時常在住宅款待陌生人，有時餐桌上的食客達十二、三人，也就不足為奇，還請了一位好廚子，以及樂師夜夜演奏。美食、絲竹清音，加上旖旎湖景，人生不亦快哉。

盧梭應是統領日內瓦湖風騷的人物，本身出生湖畔，後來還曾跟一群包括日內瓦地質學家在內的人在當地進行六天探險，名著《茱莉，或新哀綠思》就在湖邊寫成，原名《兩個住在阿爾卑斯山山腳下的情人書信》，其中一段以蒙特勒區（Montreux）為背某，此區從此洋溢浪漫氣息，很多觀光客跋山涉水來此，就是要尋覓書中茱莉和家庭教師相遇的地方，拜倫也是懷抱這個希望而來。F.H.格列波(Gribble) 曾

寫道：「歐洲的泥土為《新哀綠思》的讀者們的淚水所澆灌。」這樣的讀者要不要感恩日內瓦湖孕育這樣一部名著？林文義在〈逆旅〉一文中有一段文字：「…盧梭故居在那裡，看看他怎麼在此書寫《懺悔錄》…」這是個美麗的錯誤。日內瓦湖不適合懺悔錄，只宜在湖煙飛溶溶中編織羅曼蒂克的傳說如新哀綠思。盧梭的懺悔錄其實是在英國伍頓地方寫就，只是盧梭曾在其中回憶有一次日內瓦城大門（天堂之門）關起，他被拒於出生地外的那種酸楚。也許只有被放逐的痛楚可比擬。

　　比伏爾泰晚生43年但以見過他為榮的吉朋歷經20年寫完《羅馬帝國衰亡史》的最後一行時，在俯視日內瓦湖的花園中品味了人生美妙的一刻：「銀球似的月兒映在水中，整個大自然一片靜寂。」詩人雪萊在吉朋完成傑作最後一行的某個周年紀念日曾到吉朋的房子造訪，寫下一則日記：「他們把他完成《羅馬帝國衰亡史》的房子指給我們看，還有他凝視白朗峰時

位於露台上的那棵刺槐。」寫完傑作的心境搭配日內瓦的好山好水，可真是天人合一啊！唯一的遺憾是，吉朋曾在這兒瘋狂愛上一個女孩，但遭父親反對，終至離開日內瓦湖所在的洛桑，且終生未娶。

　　一八二六年，浪漫詩人史各特到達洛桑，參觀錫雍古堡附近地區，驚嘆道：「群山似乎柔情地愛著湖。」湖當然是日內瓦湖。我不禁想到旅行家羅斯科（Thomas Roscoe）描寫洛桑到錫雍間的日內瓦湖的那一段文字：「…沒有景色比得上這個仙境地區夏天黃昏的壯麗落日。夕陽在朱拉山遠處落下，亞平寧山頂長久映照明亮、紅通通的光輝，微風吹不皺靜靜的湖水，外表有如流金，遠方聳立阿爾卑斯山山脈，加上冰海和無止境的雪域，與近處更悅目的葡萄園和金色穀田形成對照，還點綴著樹木茂密的峭壁、青蔥又安靜的山谷、別墅、小村莊和閃亮的溪流。」

　　任誰看了這幅文字風景畫，多少會動心。不知拜倫是否也因為看到了這段描述才在一八一六年到日

內瓦湖，一待就是五個月，大部份時間買舟遊湖，素有瑞士里維拉（Riviera）之稱的新月形日內瓦湖觸動他泉湧的靈感，並在此寫成《錫雍的囚徒》。雪萊也同年帶著妻子瑪麗到日內瓦與拜倫會面。那年夏天的一個夜晚，暴風雨襲擊日內瓦湖，拜倫寫了一篇吸血鬼的故事，被他的私人醫生拿去使用，就是史上的第一部《吸血鬼》，瑪麗則創作了有名的《科學怪人》。她先前曾在信中極力讚美日內瓦幾近熱帶區的色彩，「蔚藍一如它所映照的蒼穹」，黃昏泛舟時可見清淨湖水中成群的魚兒游過水下的小石子。她在《科學怪人》中以此地為背景，書中的那位邪惡醫生也是日內瓦當地人。美麗的湖竟成了兩種通俗小說類型的濫觴。

作曲家與詩人同樣醉心於傾聽天籟。柴可夫斯基視日內瓦湖為靈感的源頭，他喜歡湖面波光蕩漾，有如音符跳躍，常跟旅館主人的兒子一起去划舟，由這位兒子充當船夫，還送這個船夫一個珍貴的益智玩

具，「柴可夫斯基博物館」很想珍藏這個紀念品，但柴可夫斯基的這位船夫的家人就是捨不得。無獨有偶，同樣是俄國作曲家的史特拉汶斯基也是日內瓦湖的常客，他到此定居是為了讓妻子養病，他自己常花很長時間沿湖漫步，〈春之祭〉的靈感正是日內瓦湖所賜。

一九三九年時裝界名流可可‧香奈兒定居上洛桑區的日內瓦湖，常到「華蒙特診所」接受醫美治療，剛好與《大亨小傳》作者費滋傑羅的妻子選的是同一間診所。這兩位畢竟是女人，在享受日內瓦這席湖色之餘，也不忘人工的醫美。

搖滾天王邁可傑克遜偏愛瑞士的謐靜氣息，於一九九九年在日內瓦湖畔的蒙特勒區錄製〈舞池上的血〉等專輯。

當我讀到《羅莉塔》作者納布可夫在日內瓦湖的浪漫軼事，內心為之嚮往不已。納布可夫最喜愛沿著湖岸追逐蝴蝶，所收集的蝴蝶都捐給洛桑動物學博物

館。其實他自小醉心於蝴蝶，尤其是壽命最短的藍蝴蝶。臨終前，兒子吻他的前額，他淚如泉湧，兒子問原因，他說，某種蝴蝶已在展翅，言下之意，他再也無法去追捕蝴蝶了。寫到這裡，忽然有一個神祕的聲音在腦海徘徊：你選擇曉夢迷蝴蝶的莊生，抑水岸逐蝶的納布可夫？

日內瓦湖畔不盡事事愜意，處處風光，奧地利女王巴伐利亞的伊麗莎於一八九八年在日內瓦湖邊散步時遇刺⋯

龐尼瓦主張改革以及日內瓦獨立，被打入錫雍古堡的黑牢，錫雍古堡因此與白朗峰等成為觀光勝地，喀爾文的改革大纛也激起波波自由漣漪，擴散再擴散⋯這一切攛掇我去翻閱日內瓦湖的文獻。幾近兩星期的專心閱讀讓我了然於胸的是，大約五百年來，從龐尼瓦到邁可傑克遜，日內瓦湖的湖水細數多少風流人物，瀏覽他們的湖上生活不知覺地洗卻凡人俗念，漸漸，我覺得內心彷彿水波不興的湖面，更讓我驚訝

的是，一年前參觀錫雍古堡時的那段對話終於變了
調：

　　「五百年前拜倫來到這兒，還寫下他的大名。」
　　「五百年前？不對吧，拜倫是十九世紀的人，」
我脫口而出。
　　「哇，教授，三百年算什麼，五百年也只不過是
時間長河中的一粒細沙。」

　　不管前浪還是後浪，三百年、五百年終究只是
浪淘無數次的一粒細沙，虛榮心則是細沙邊緣隨時破
裂、幻滅的一個更小泡沫。

謎

　　「去年我去德國新天鵝堡，很漂亮，」一個我不是很喜歡的高中同學在同學會中說。德國我去過科隆、黑森林等，偏偏沒有去過新天鵝堡。嫉妒心攛掇我，於是我計劃兩年後參加前往德國南部的旅行團。

　　去年先到克羅埃西亞等地旅遊，從慕尼黑搭機回台。進機場不久，看到一座金碧輝煌的雕像，我探頭探腦後，發現了一個名字Ludwig II（路德維希二世），問機場服務人員，他說是德國一位國王。那時我不知道他是何方神聖，在機場佔了如此重要的地位。

　　好像是因為常上網找書才知道，這位被法國詩人保羅·魏爾侖稱為「本世紀唯一真正的國王」的路德維希二世，就是新天鵝堡的設計者，他至今仍然為巴伐利亞郡的很多人民所愛戴與尊敬。反諷的是，雖然他被他的人民視為發瘋，但他遺留下來的建築和藝術

以及兩者所創造的觀光收入，卻使得巴伐利亞成為德國最富有的一郡。因此，我在網路上買了一本他的英文傳記，即Desmond Chapman-Houston所寫的《路德維希二世：巴伐利亞的發瘋國王》（以下簡稱《發瘋國王》），但在德國南部之旅出發前，我只涉獵了有關路德維希二世的基本資料，並沒有先閱讀《發瘋國王》，做深度的旅遊功課，打算回國後再補讀。我稱這為「先上車後補票」（先旅遊再做功課）；這和男女關係的情況不一定相同，因為就旅遊而言，我覺得後補票的快感有時勝過先上車，就像我也覺得，寫一篇遊記勝過拍一百張旅遊照片。

在桃園機場，送機人員問：「這次有幾對是蜜月旅行的？」然後我聽到他說：「哦，四對。」但到法蘭克福機場後，我才發現：哪有四對？明明是三對。那麼，那對熱戀中的漂亮「酷兒」在桃園機場是舉手了。

參觀新天鵝堡那天早晨，領隊小姐在車上說了路

德維希國王的故事，是妻子下車後告訴我的，她打瞌睡，沒有聽完整，我則顯然睡著了，完全不知道這回事。我去問領隊小姐：「聽說妳有講故事？」她嬌嗔地作踢我姿勢。原來第一天上車時，她開始要講話，坐在前排的我卻閉起眼睛，她溫柔地數落我，我只好說，閉眼睛聽較清楚。這一次她知道我又閉眼，但沒有聽較請楚。她做出那可愛的姿勢是阿莎力性格使然。我把一隻腳住後踢，做為回應。

　　參觀新天鵝堡回程，我和妻子按照領隊小姐先前的指示下山，但竟找不到我們的巴士。手機不智慧，沒得漫遊，只好找一家旅館借手機打給領隊小姐。上巴士後，驚魂甫定，一直在想：怎麼會迷路？可真是謎，就像另一個謎：蜜月旅行的有幾對？迷和謎也是很匹配的一對。

　　當然還有一個謎：路德維希二世在被認為發瘋而被罷黜後不久與他的醫生去散步，結果被發現一起溺斃在一座湖中。路德維希二世可真是說到做到。他生

前曾說：「我想要成為我自己和別人心中一個永恆的神祕」。他喪命湖中至今仍然是個迷人的謎，很多人在好奇地尋覓真相。《發瘋國王》的作者也許就是其中之一。這也是謎與迷的辯証關係。

出國前沒有讀《發瘋國王》一書，回國後迫不及待要享受「先上車後補票」的樂趣，當然也讀了其他文獻。那就先從與「酷兒」相映成趣的路德維希二世的同性戀開始，然後再回到那個永恆的謎：他魂斷湖水的謎。

在一篇名為〈德國王朝的同性戀傳說〉（以下簡稱〈同性戀傳說〉）的文章中，作者說，「時至今天，歷史學家們對於路德維希二世和保羅的親密關係抱著不同的意見，有的認為他們只是朋友，有的認為他們是情侶，但從保羅的書信，可以看出保羅對路德維希二世的愛是超乎尋常……」。其實路德維希二世的同性戀也有點跡近謎，「相傳他是雙性戀，又或者是同性戀的……」。（引自〈同性戀傳說〉一文）

　　保羅是一位年輕的貴族軍人，長得俊美、迷人。據《發瘋國王》一書的說法，他們想必童年時就認識。路德維希二世登基前，保羅被任命為他的值班軍官，有三個多月朝夕相處。路德維希繼承王位之後，把保羅升為副官，關係更趨親密，一起朗讀詩歌，扮演華格納歌劇中角色，且兩人都酷愛大自然。可是到了1866年，華格納告老離開慕尼黑，國王很傷心，保羅就追隨華格納，勸他返回慕尼黑，但有部份嫉妒保羅的人向國王進讒言，導致國王疏離保羅，還免了他的官職，保羅多次寫信，卻沒有獲得回覆（部份根據〈同性戀說〉一文的內容）。

　　保羅寫有一本日記，記載他和路德維希二世相識以來的細節，不幸被自己的家族焚毀，早期寫給國王的書信也被國王銷毀，所幸有部份在《發瘋國王》一書中記載，都是此書作者被允許自由閱讀私密的皇家檔案後在書中引用的。我們就來看一些片斷：「…請你為了我而保重自己，不要過份憂慮；對你的健康

最不利的莫過於經常苦思，不去欣賞美麗大自然…我
多麼時常想接近你，讓你鎮靜下來，不要因為我們之
間的關係而處在太緊張和激情的興奮狀態中…」「同
志」之情溢於言表，還有，「…在房間度過的漫長黃
昏時光中，我多麼渴望飛到你那兒，像往昔一樣跟你
真心地閒談著。」國王與保羅疏遠後，保羅在一封信
中說，「我必須坦承，在車站與你道別時，我的眼睛
濕潤，自此以後一直在想你…我一直戴著你給我的金
鍊，認為它象徵那將我們的友誼繫在一起的信心。」
至此，他們是「只是朋友還是情侶」的答案似乎呼之
欲出了。

　　路德維希二世的死因確實眾說紛紜。很多人認
為，他是在試圖逃亡時被敵人謀殺。還有一種說法
是，他被槍所射殺，因為根據一位船夫的說詞，他當
時藏在樹叢中的小舟上，要把國王送到湖中，讓接應
的人幫國王逃亡，但就在國王剛踏上小船時，一顆子
彈從湖岸射出；問題是，驗屍結果並沒有發現傷痕。

另有一説是自然死亡：他在試圖逃亡時，湖水水溫是攝氏12度，導致他心臟病或中風發作。發現屍體處的湖水深度也有兩種説法：「及腰」及「不及膝」。

令我感到震撼的是，《發瘋國王》的作者提出了完全不同的看法：路德維希二世是自殺身亡。這位作者的証據是：路德維希二世見於記錄的最後一句話是：「我能忍受他們奪走我的政府，但無法忍受他們説我發瘋了。」換句話説，他為蒙不白之冤而自盡。尤有進者，這位國王不到二十歲時就有自殺的念頭。何況，路德維希二世平生對水很著迷，從舊天鵝堡和新天鵝堡所俯視的最可愛景色，是陰森的深綠藍色天鵝湖。根據這位作者的描述，國王默默走在跟他去散步的古登醫生旁邊時，就決定要投湖。他丟下雨傘、帽子，脱下大衣和上衣，走進湖水中，古登醫生當然加以阻止，但他的力氣不如體型較壯又年輕的國王。掙扎中國王被迫把醫生的頭壓在淺水下，自己走到不遠處，刻意溺水而斃。

　　這位作者Desmond Chapman-Houston還想像國王在散步途中想到華格納：「羅恩格林！崔斯坦！帕西法爾！大師華格納不是說過嗎？他——巴伐利亞的路德維希——啟發且具體化了所有這些歌劇人物」，因此，「當他們安靜地走在烏雲密佈的天空下，萬物在細雨和濛霧中靜寂無聲，路德維希清楚地聽到了〔崔斯坦的戀人〕依索德生前最後一句話：『在空中飄散，置身在洪流似的官感大海、夢幻波浪的迴響、萬物的宇宙氣息中，被淹沒、吸收；哦，埋沒，無上的歡樂。』」Desmond Chapman-Houston揣測國王強烈地渴望投進水的懷抱中。

　　証諸屍體發現時，醫生的頭部和肩膀受傷而國王身上則沒有傷口，Desmond Chapman-Houston的說詞似乎比較可信，何況他又提出一種說法來強化這種說詞：一旦証實國王自殺，就無法以基督教儀式埋葬，且可能引發嚴重醜聞，只好掩飾整個事件。因此整個事件益發像是謎中謎。

也罷。世上有解不盡的謎，理還亂。人生有逃不脫的迷，迷路、迷亂、迷情。歷史是殘酷的，文學或可提供慰藉、啓迪。那麼，最後就讓我們翻開T.S.艾略特的偉大詩作《荒原》的第一節。我們將在其中看到兩行詩：「夏日突然來了，降臨在施坦貝爾格湖／帶來一陣雨」。這正是路德維希二世喪命的時辰與地點的寫照：那座湖就叫施坦貝爾格湖，那個夏日確實下了一陣雨。當然，這兩行短詩意蘊深遠。國王路德維希二世是那位為他寫了《帕西法爾》的華格納的恩人，而華格納似乎就是騎士帕西法爾，要回報國王的恩情。T.S.艾略特在詩中把路德維希二世視為一種「漁夫王」（Fisher King），這又涉及圓桌武士或電影《奇幻城市》的故事。簡言之，騎士帕西法爾發現了久未裝水而失去力量的聖杯，於是用它來盛一杯水給守護它的老弱國王（是阿瑟王，是漁夫王、也是路德維希二世），讓他恢復生命力。所以聖杯的發現是象徵從無水到恢復有水的過程。然而，T.S.艾略特

卻著墨在路德維希二世為水所溺，水變得具有負面作用了，與發現聖杯的故事相反，為什麼？其實《荒原》的這兩行詩意在反諷：在我們所生活的世界中，古老的秩序再也無法拯救「荒原」了。

　　不用解謎了，讀讀這兩行詩，參透人生哲理、世事，甚至國事，正是：「水月通禪寂，魚龍聽梵聲」。

精神食糧勝花香——
回憶我閱讀的荷蘭名人

想去荷蘭深度旅行,旅行社說,最後一團剛出
發,原來花季已過。

開到荼靡花事了?心中悵然若失,雖然花謝了明
年還是會開。

像沒有吃到棒棒糖的小孩,想要用別的東西來
解饞。不是紙上臥遊荷蘭,那太小家子氣。在紙上與
荷蘭人神遊也許較有神韻。荷蘭人都有神韻嗎?為
何英國人創造的go Dutch(飯錢各自負擔)、Dutch
defense(虛張聲勢)以及Dutch wife(賤婦)中,
都有Dutch(荷蘭人)一字?為何荷蘭人占據台灣近
32年(明年是390周年紀念)?

也罷,想想花事心情會好點,於是想起60年前小
學時代父親每月買給我《東方少年》時的興奮心情,
因為裡面有洪炎秋先生改寫的《黑色鬱金香》連載,
原作者是法國人,鬱金香之為花卻與荷蘭人聯想。

　　想完了荷蘭人的花，心情比較正向了，開始回憶
我書中的荷蘭名人。我心中立刻浮現的荷蘭名人有史
賓諾莎、伊拉斯默斯、林布蘭、房龍和瑪妲·哈利，
但房龍寫過伊拉斯默斯，也譯過林布蘭傳，因此把伊
拉斯默斯併入房龍之中，暫時省略林布蘭，就只剩三
人了。現在就來慢慢品嚐一份精神食糧——荷蘭名人
套餐，勝過棒棒糖之類百萬倍。

1.

　　套餐第一道菜是「哲學家史賓諾莎」，它的歷史
有3百多年了，但歷久彌新。史賓諾莎有粉絲但沒粉
味，因為他跟康德、尼采和叔本華一樣，都沒有「另
一半」，只是史賓諾莎一生中還是有一段情，雖然似
乎是一段公案，卻值得品味。那是一個年輕猶太人與
一位天主教女孩之間的情緣。這個天主教女孩叫奧琳
匹婭，是史賓諾莎一位老師范·登·恩德的女兒。有
一天，老爸親自帶著女兒去見史賓諾莎，但是無法改

信天主教的史賓諾莎拒絕了她，兩人的關係僅止於一
吻。史賓諾莎被逐出教會後，很想擁有奧琳匹婭的友
誼，無奈有第三者出現，奧琳匹婭終於下嫁這第三
者。據說史賓諾莎曾夢想能夠改教，與奧琳匹婭結
婚。

我手上有上下兩冊可說是唯一以小說體描
述史賓諾莎一生的傳記，即奧爾巴哈（Berthold
Auerbach）的《史賓諾莎：小說》，書中對這段情有
深入又生動的記述：「之後他時常與她〔奧琳匹婭〕
見面…但很少把她放在心上；他很可能會像約伯一樣
說：『我與眼睛立約，怎能戀戀瞻望少女？』但此時
卻是他必戀戀瞻望這位少女、著迷地傾聽她說的每句
話的時候了」。

書中還提及當時瑞典的女王克麗絲娜回歸教
會、甚至退位，以便嫁給情人蒙拿德奇。奧琳匹婭
知道後說道，「瑞典的克麗絲娜退位，確實做得
夠多了；採取這種不愉快行動的人難道不應該是男

人而非女人？」言下之意，暗示史賓諾莎應該主動、積極一點。唉，女人倒追自古已然，只是在奧爾巴哈的筆下特別令人印象深刻：「在史賓諾莎的要求下，奧琳匹婭唱了那首他第一次突然來訪時她正在唱的民謠：『妳是我真正的妻子，／沒有其他人會終生屬於我。』…他實在很難不抱住她，用一個吻封住歌聲的美妙旋律。他再也無法信任自己，於是拿起帽子離開。奧琳匹婭取了燈，為他照亮階梯，但沒說一句話。到了下面，史賓諾莎伸出手，她留著鬆髮的頭靠在他的胸房上…『親愛的奧琳匹婭，』他說，『我以聖名懇求妳，不要愛我，我不配。』『我必須愛你，』她說，『請你命令我的心不要怦怦跳。我不能離開你…』…他把她抱得更緊，給她一個熱情的吻，然後掙脫她的擁抱，衝了出去；奧琳匹婭…以活潑的聲音叫著說，『史賓諾莎先生，晚安。』」

　　兩個有情人沒能終成眷屬。此後患肺病的史賓諾莎靠最忌諱的磨透鏡工作為生，白天磨鏡，夜晚十

點到凌晨則辛苦地寫《倫理學》，正是「但看古來盛名下，終日坎壞纏其身」。但是凱文・古伊拿(Kevin Guinagh) 在《天啓的業餘愛好者》一書中提出一個觀點，值得深思。他除了說史賓諾莎是業餘哲學家外，也認為，考慮到史賓諾莎時代不寬容的氛圍以及他的學說冒犯很多思想家，他算很幸運了。很多人因信奉他的學說而喪命，但史賓諾莎卻奇蹟似地逃過肉體的懲罰，沒有死於暴民的暴力，沒被處以火刑，也沒遭遇牢獄之災，這也許要歸因於他淡泊名利，過著恬澹的生活，所以甚至那些熱衷於殺害異教徒做為對上帝的獻祭的人，想必也對他留下深刻印象，使他逃過一劫。古伊拿這番話可能改變我們對史賓諾莎一生的觀感：他其實不是那麼悲情的人物。我們大可以用愛默森的哲學來詮釋他：有失必有得，有得必有失。

2.

第一道菜有點五味雜陳，混搭著愛情、悲情、
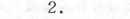

快意、失意⋯⋯這第二道菜「名作家房龍」則風味更
豐富。看哪，首先房龍就在可與納尼亞的故事媲美
的《與世界偉人談心》（Van Loon's Lives）一書
中，以天馬行空、打破時空隔閡的方式邀請已去世的
偉人來當他的晚宴客人，為他們準備想像的餐點、美
酒、音樂。例如，第一章就是〈談心晚會開始：伊
拉斯默斯首先赴約〉（常紹民譯文，略有修潤，下
同）。房龍為伊拉斯默斯「訂了一份蓋爾德斯香腸蔬
菜湯⋯下一道將上小牛肉⋯至於甜點，我打算上他愛
吃的新鮮水果，至於酒，我挑了他嗜好的摩澤爾佳
釀⋯」流口水了吧。且慢，主角伊拉斯默斯本人呢？
我們就不必在這兒詳述他的耳熟能詳的《愚人頌》
了。在房龍的筆下，伊拉斯默斯外表矮又黑，但第一
個湧上房龍心頭的是，伊拉斯默斯跟他一樣都出生於
鹿特丹，「而外在體質方面的某些相似總是讓我不由
自主懷疑，在該中世紀小鎮中，他和我必定有著共同
的祖先。當然，可憐的伊拉斯默斯是私生子，過深地

追查他的出身太過無禮。」但是，原來伊拉斯默斯跟《烏托邦》的作者湯瑪斯·摩爾是老朋友，他最快樂的時光是與摩爾一起度過的日子，他的《愚人頌》是他在摩爾家中寫成的。最令我印象深刻的是，房龍在這一章中借古諷今，說了一段發人省思的話：「伊拉斯默斯在這一時期所做的工作數量驚人。一個不停受到疾病⋯困擾的人何以能找到機會做這樣多的事，對我們來說是一個謎。我們擁有各種節省時間的玩意⋯卻成就甚微。但是當然，伊拉斯默斯⋯不必做一位社會活動家，他不必參加雞尾酒會，他不必發表餐後演說，他不必為不知名作家的糟糕透頂的書吹噓，他不必向婦女俱樂部發表演說⋯」

房龍在《與世界偉人談心》中邀請了20位想像的客人來晚餐，其中荷蘭人就佔了5位半（笛卡爾在荷蘭住了21年，可算半個荷蘭人吧），不能說他是本位主義者，只能說，他蓄意宣揚本土文化；台灣的作家、歷史家是否應該以他為榜樣？

　　接著我們來品味房龍的《寬容》一書。我只想
談一點：房龍在《與世界偉人談心》中沒有邀請身為
荷蘭人的史賓諾莎，所以在《寬容》中用專門的一章
來補足。最有趣的是，房龍並不承認奧爾巴哈在他的
傳記小說中所描述的史賓諾莎與奧琳匹婭的那段情：
「他一生沒有結婚。謠傳說他和拉丁文老師范‧登‧
恩德的女兒有私情，可是史賓諾莎離開阿姆斯特丹時
那孩子才十歲，所以不大可能。」（引自三聯書店
1985年譯本，下同）。我們是要相信奧爾巴哈還是房
龍呢？我嘛，我賭前者。

　　再來就是房龍有名的《人類的故事》。先說我
個人的經驗。我是在讀大學初期接觸本書的中譯。在
那個外文書譯介有限的時代，此書不啻是我的荒漠甘
泉。當時教我們「小說選讀」的吳奚真教授正是此書
的譯者。他的考卷會有英譯中的部份。我特別揣摩吳
老師的《人類的故事》的譯筆，希望拿高分，後來乾
脆試著把他教的小說哈代的《坎橋市長》譯成中文，

但只譯了一點就停了。

《人類的故事》是少數搬上銀幕的非小說之一，可見其魅力。根據《寬容》中譯本中〈關於房龍和他的著作〉一文的說法，歷史學家曹聚仁曾回憶說：「那天下午，我發痴似的，把這部史話〔人類的故事〕讀下去…這五十年中，總是看了又看，除了《儒林外史》、《紅樓夢》，沒有其他的書這麼吸引我了。」當然，彼一時，此一時，現代的讀者也許不再那麼被本書所吸引了，但房龍的這部著作被譯成非常多種語言，確實聲名遠播。

據說，義大利流行歌曲作家古奇尼（Francesco Guccini）寫了一首歌，獻給喜愛房龍作品的父視，歌名就叫〈房龍〉。曾被納粹驅離荷蘭也曾幫羅斯福競選總統的房龍體重200磅，著作50種左右，可謂著作等「重」。

3.

第一道菜「史賓諾莎」，和第二道菜「房龍」筆下的人物，在有些人看來，也許像白頭宮女話天寶。那麼最後就來一道一位活躍於20世紀初期的金髮美女女間諜吧。

瑪妲‧哈利是荷蘭人，但一戰時成為潛伏法國的德國間諜，1917年被法國人處決。她一生的事蹟曾被拍成5部電影，葛麗泰‧嘉寶主演的那一部較有名；也曾被拍成9部電視劇，較著名的應該是以《法櫃奇兵》為本、描述年輕的印第安那瓊斯與瑪妲‧哈利戀情的《百戰天龍》。有關瑪妲‧哈利的傳記則超過10部。

瑪妲‧哈利並非只有大胸脯、沒大腦的女人。她曾為舞蹈下了一個定義：「舞蹈是一首詩，每個動作都是一句話」。她也說了一句名言：「陰道比陰莖有力」，媲美「筆比劍有力」。

瑪妲‧哈利的唯一作品《秘密日記》有人懷疑

是偽作，據說原稿屬於一位審判過她的官員，但官員遺棄這些日記，有人發現後交給一位記者。英譯本於1967年出版，日記內容開放又坦率，極盡揭露祕密之能事，從年輕時受到性虐待、嫁給一位惡魔男人、成為脫衣舞孃，到最後成為妓女間諜，琳琅滿目。1917年的一則日記頗能看出瑪妲·哈利的真性情：「⋯我確知很多人已開始不信任我⋯但我要寫下一則最後的供述⋯是的，我一直貪求男人，勿寧說，我要的是他們的男子氣概。身為女人，我被年輕又喜愛冒險的軍官所吸引——這時我會非常充分地享受到這種熱情，但這卻反而很可怕。他們是熱情、健壯的男人，正要走向死亡，努力要在全都太短暫的假期中忘記這個可怕的現實。我用我的吻迷亂他們，讓我感到很興奮；每當我用肢體設法從這些熱情如火的男人口中挖出小心防守的祕密，就有一種瀕臨狂喜的感覺。但我也想征服知名的人物⋯引誘白髮外交家，誘惑那些一舉一動決定所有人命運的戰士⋯」

　　根據《超能R.O.D.維基百科》的一篇文章，近年來出現一股平反瑪妲‧哈利的熱潮。有些女性主義作家認為她受到冤曲，甚至認為她是女英雄，是戰時歇斯底里症和性壓抑的犧牲品。己有一個國際組織努力要洗刷她的罪名。一度是恥辱標記的她的荷蘭出地，現今己經成為觀光勝地，有一座她的雕像立在那兒的廣場。

4.

　　將一位偉大的哲學家和一位偉大的作家搭配以一位女間諜似乎不是很搭軋，但我卻忽發奇想：讓房龍以他在《與世界偉人談心》中一次邀請兩個人來晚餐的方式，這次就邀史賓諾莎和瑪妲‧哈利吧。三人見面，鐵定都不會說，晚餐我們來go Dutch。身為猶太人的史賓諾莎想必會很同情被納粹逐出荷蘭的房龍，而他在看到美貌的瑪妲‧哈利時也許又會想到約伯那句話：「我與眼睛立約，怎能戀戀瞻望少女？」同時

史賓諾莎和房龍一定都不會原諒瑪妲‧哈利當了德國
女間諜…

　　品嚐完這份有三道菜的荷蘭名人套餐後，我已
飽擱醉，來不及到荷蘭欣賞鬱金香的鬱卒心情一掃而
空，精神食糧之為用在此。

羅馬尼亞作家好色？

也許是，但此色非彼色。

首先，2009年的諾貝爾文學獎得主羅馬尼亞女作家荷妲‧穆勒（Herta Muller）在作品中常有情色的描述，在《用一隻腿旅行》中，女主角愛倫耽於情色幻想，有一次還在海灘注視一個暴露狂男人手淫。但這並不表示這位羅馬尼亞作家好色。

一天，我心血來潮上谷歌，鍵入erotica works by nationality（按照國別分類的情色作家），發現美國有40家，法國24家，英國9家，而羅馬尼亞，乖乖隆的咚，竟然占第4位，一共8家，還勝過希臘的4家和德國的3家，讓人不禁問：曾經經歷共產主義專制統治的羅馬尼亞，難道像被維多利亞女王的禮教壓抑的地下文學一樣，以情色作品做為反彈？

谷歌提供的第一位羅馬尼亞情色作家名叫亞德卡（Felix Aderca，1891—1962），身兼小說家、

戲劇家、詩人與批評家，其實他不單寫情色作品，
只是他在1932年公開讚美《查泰萊夫人的情人》的
作者D.H.勞倫斯那「無與倫比的詩意時刻」，翌年，
即1933年，他寫了受到勞倫斯啟發的《查泰萊夫人的
第二情人》，約四年後，他被控以色情罪而遭逮捕。
在他寫《查泰萊夫人的第二情人》的前兩年、前一
年、後一年，以及1995年，其他國家分別出版了《查
泰萊夫人的丈夫們》、《查泰萊夫人的朋友們》、
《查泰萊夫人的第二位丈夫》，以及《查泰萊夫人的
懺悔》，尤其是包括亞德卡的作品在內，從1931年到
1934年，連續四年有以《查泰萊夫人的情人》續集為
號召的作品面世，可謂漪歟盛哉，破了文學史記錄。
D.H.勞倫斯可真作孽，忙壞了讀者們，讓他們看得眼
花撩亂。不過在這些續集中，亞德卡的那一本較為醒
目，因為他來自被共產制度所洗禮的羅馬尼亞。除了
《查泰萊夫人的第二位情人》外，亞德卡又寫了三本
情色作品，其中一本描述主角與車夫沿著多瑙河旅

行，車夫時而停下馬車，讓主角去與地方上的女人進行性勾當，這些女人並沒有真實的名字，以「紅髮女郎」、「雨女」、「白膚女人」稱呼，故事的結局是，「為性所誘引的男主角成為女性性能量的囚犯和犧牲品」。

第二位波格扎（Geo Bgza，1908—1993）就比亞德卡「情色」了。他以前衛理論家和詩人著稱，也是羅馬尼亞最有影響力的超現實主義者，曾因寫猥褻詩而兩度入獄，年輕時代的他把「情色」視為美學信條，為禁忌字眼如「屎」（shit）和「奶頭」（tit）辯護，「因為羅馬尼亞的情色字眼已被現代社會所敗壞」。他的一首典型情色詩如下：「大陸的皮條客／聚集在第一個性高峰／決定要選一位陰道大咖／為了人類最美的女孩／大陸的報紙在數以千計的專欄上／寫出頌歌／為了寶貴的陰道寶石／大陸的億萬富翁／在陰影中磨利金色陽具」。這首詩的諷刺意味很濃，但曾被關在鐵幕後的作家寫出這樣露骨的作

品，不知是異數還是常態？

　　再來這一位彭修（H. Bonciu, 1893—1950）也算很大咖。他是小説家、詩人、翻譯家，被視為羅馬尼亞首席情色作家。在他的小説和詩中，性的功能是完成外表的解放的工具，也是人類逃離存在的失望唯一可能途徑。他的一本名為《派培斯柏格夫人的宿舍》的小説聚焦在一間妓院，描寫男主角之一與一位洗衣女的第一次性經驗以及以後與一位「牛女」的性事。貧窮的蕾妮・派培斯柏格和她手下那些做白日夢的妓女具體化了無能感，其中一位名叫諾蕾的神女厭惡自已天生的綠頭髮，結果竟然在絕望中自殺，據評論家指出，這是一部涉及「誇張的憂鬱症」的作品，也是反女性主義的作品，書中男主角的任意妄為跡近收集女人的行徑，就像「在盒子中收集昆蟲」，可見作者並非完全為情色而情色，應有其情色之外的弦外之音。

　　有一位羅馬尼亞作家性喜漁色，曾因強暴罪入

獄，但羅馬尼亞首都布加勒斯特卻有很多街道以他為名，可見此君影響力之大，他就是柯色（Nicole Dumetru Cocea，1880—1949）。

柯色除了是作家，也是左翼政治積極份子。他初試啼聲的情色作品《詩人》受到象徵主義影響，以精緻的筆觸描繪人體，被喻為新版〈雅歌〉，如「她（兒希莉亞）的胸房像一對母鹿在百合中覓食。」書中男女主角在愛與慾望中發現彼此的肉體，但也發現自願死亡的快樂，最後跳下懸崖自盡，作者顯然也有意在書中詮釋生命意義。另一部作品《長壽酒》敘述男主角與一個吉普賽女郎一面做愛一面壓榨葡萄汁，製造出一種特別的葡萄酒，讓男主角喝了長壽，吉普賽女郎卻喪命，但男主角把這種製酒實驗視為一種象徵性的重生。第三部作品《在黑色貼片上》，藉由男主角的獨語點出作者對於「女性心靈和肉體需求」、「所謂男人的永恆不安感」以及「女性性高潮的神祕」等方面所持的觀點。

　　羅馬尼亞説書人和教師柯雷恩加（Ion Creanga，1837—1889）最有名的作品《童年回憶錄》難得有英譯本。1937年，羅馬尼亞發行了他的肖像郵票，可見他的地位。他的情色作家名聲建立在兩篇小説上，一是〈愚人艾恩尼卡的故事〉，敍述狡猾的男主角與一位教士女兒的性關係，作者以游移於散文和詩之間的文體鋪陳他們的性事。二是〈所有故事中的故事〉，内容講述一個不信神的農人把所收成的玉米全變成男人的陽具，但因為很迎合女人的性口味而賺了一大筆錢；據説這是曾被解除神職的作者柯雷恩加嘲諷教士的作品。

　　在羅馬尼亞的所謂情色作家中，還有一位著名的象徵主義者馬色頓斯基（Alexandra Macedonski，1854—1940），跟前述的柯色一樣年輕時是花花公子。他的作品的情色傾向表現在一部中篇《色拉撒》（Thalassa）之中。色拉撒本是希臘神話中象徵大海的女神，但在馬色頓斯基的作品中，色拉撒卻是一個

男孩。他在「蛇島」上看守燈塔，幻想著人類的黃金
時代，一位在船難中逃生的女孩卡莉歐培來到岸上，
兩人相愛，但無法圓房，色拉撒將之歸咎於人類的個
體性，為了追求跟情人的完美結合，他終於自殺，溺
死在黑海中。這部作品難免讓人想到古典悲劇，但由
陽光和海浪所喚起的官感畢竟透露了情色意蘊。陽光
的熱氣在色拉撒的心中喚醒第一次的自由快感，生起
的火也引燃卡莉歐培的生命熱情，與色拉撒的性慾本
質不謀而合。「色拉撒」一字其實與「性」有緊密關
係，匈牙利精神分析家費倫吉（Sandor Ferenczi）
就寫了一本《色拉撒：性器官理論》。

　　逛累了谷歌，但意猶未盡，我還是有興緻繼續
漫遊網路書海，發現寫情色題材的羅馬尼亞作家就比
例而言確實不少。請看米海爾‧色巴斯提安（Mihail
Sebastian，1907—1945）這本被美國作家菲立普‧
羅斯評為與《安妮法蘭克的日記》等量齊觀的《日
記，1935—44》。色巴斯提安在日記中記述，他住在

羅馬尼亞首都，面臨被驅逐出境和死亡的威脅，但仍然不忘情於享受音樂、做愛與閱讀，他在1938年5月24日的日記中寫道，「…此刻我很快樂，因為她是那麼年輕，那麼美。裸體時，她是奇蹟般的美，乳房小，很結實卻柔軟…」1942年11月2日的一則則寫道，「L.是一個悅人的女孩…她的身體仍然保有可喜的青春，溫暖又結實…當她跟另一個男人上床，然後再跟你上床，她並不會騙你，也不會騙他。他就是喜歡幹活…把坦率和優雅全都放進去了。」這位喜歡女性結實身體的羅馬尼亞作家的自白，比起英國的法蘭克‧哈里斯的自傳似乎不遑多讓。

不久，我在浩瀚的網路書海中又邂逅了卡塔雷斯庫（Mircea Cartarescu，1956—）的《我們為何愛女人》。這是一本短篇小說集，作者在與書名同名的最後一篇中說出了「我們為何愛女人」的46個原因，妙趣橫生，舉幾個例子：「因為她們有渾圓的乳房…因為她們不讀色情雜誌…因為她們不手淫…因為她們

是不尋常的讀者⋯因為她們對蟑螂進行全面又無法說明的戰爭⋯因為她們在電影中做愛前不沖澡⋯因為我們來自她們、回歸她們。」讀者如果覺得不過癮，只好去看原書中全貌的46個原因。

網路書市果真迷人，不久我竟然巧遇了一本奇書，那就是羅馬尼亞女作家琪琪・華希雷斯庫（Kiki Vasilescu）的《如何以原始的天真去厭惡性》，作著出生年不詳，應是當代作家。此書在2009年出版時引起很大醜聞，屢遭查禁，作者被指控寫了一本色情小說，雖然書中沒有可稱為色情的內容，就像納布可夫的《羅莉塔》。書中情節主要是描寫男主角到海邊去圓情色之夢，但書一開始就列舉了女性乳房的種類，大約100種以上，我也懶得去算，且在英譯本中不僅用了breast一字，也用了tit、boob、knocker等字眼，我的第一個反應是：「琪琪，我真服了妳」，也讓我想起邁可・格能尼（Michael Glenny）對女性乳房有病態偏執狂，在譯俄國文學大師布卡科夫的

《大師與瑪格麗特》時，把原文中沒有「乳房」的地方硬加上「乳房」。要一窺琪琪・華希雷斯庫這本書的全豹，也只有親自閱讀一途。

上述九位羅馬尼亞作家並不是真正的好「色」之徒，他（她）們作品中的色是「情色」中的色，非「色情」中的色，就算是對支配過他們的共產制度有所反彈，他們也不是單純為色而色，而是為藝術、文學、哲學、人生的意義而色，也許有所寄託，或許意在反諷。

其中只有《日記，1935—44》、《色拉撒》、《我們為何愛女人》與《如何以原始的天真去厭惡性》有英譯本，後三者書價貴得赫人，我只好以薦購名義請學校圖書館採錄組人員購買。書雖早已借到，但還是不禁想起發出薦購單的那一天，我想像著主辦人員露出異樣的眼光自問：「羅馬尼亞作家好色？」，而我則在心中兀自回應：「也許，但此色非彼色。」

性的快感、姿勢與花費

　　我想編一本類似「我的私密名言」的書。再怎麼私密，難免拾人牙慧之譏。到底我為什麼喜歡收集、引用別人的話呢？這就要談到18世紀的徹斯特菲德爵士（Lord Chesterfield，1694—1773）。這個人台灣的讀者也許不陌生，他著名的書信集在此地有兩個譯本，一是《外交家爸爸給兒子的四十七封信》，一是《一生的忠告：一位外交家爸爸給兒子的信》。他在1749年9月27日的一封信中説：「一個時髦的人從不依賴格言或俗氣的警句。」不管我心目中的「我的私密名言」俗氣不俗氣，我總算找到我喜歡收集、引用別人的話的理由了：第一，我不是一個時髦的人，第二，我自己沒有足夠的才華和機智創造名言或格言。

　　因此，我現在可以堂而皇之地引用同樣這位徹斯特菲德爵士的一句有關「性」的名言了：「性：快感

短暫、姿態荒謬、花費嚇人」（Sex：the pleasure
is momentary, the position ridiculous, and the
expense damnable）。他這樣揶揄「性」，好像
「性」一文不值，可真值得寫一篇論文，探討他一生
是否吃了女人的大虧。但我們從他的書信中，只知
道他對女人的愛美、虛榮、喜歡男人諂媚頗有微詞，
例如：「一般而言，女人只有一個目標，那就是她
們的美，任何對她們的美的阿諛都不會太不雅。」又
例如：「事實上，女人只有兩種熱情，即虛榮與愛
情。」

　　其實，上述那句性方面的名言是否出自他筆下，
並不是那麼確定。上網查這句名言，大都說出自他
的書信，但偶爾也會看到這句英文名言的英文作者
Chesterfield後面又加上「attributed」（被認為
是），即一般人認為是出自他，但遍查他的作品卻找
不到這句話的蹤跡。有人認為，最早引用此一名言的
時間是1910年，但並不認為是徹斯特菲德所說，可能

是19世紀為人所知的名言，到了1920／1930年代被轉
嫁到他身上。徹氏地下有知，不知是要站在擁「徹」
派還是反「徹」派的一邊？

　　不過，我第一次看到這句話是在毛姆的作品中
（忘了哪一部作品），此後就一直認為是毛姆所說
（風格滿像的），經過一段長時間才在偶然的機會發
現，它「被認為」是徹氏所說。然而，毛姆就算沒有
創造這句名言，至少還是寫了一句足以與之媲美的
話。他在有名的《筆記》中記載說，他的醫學院教授
曾說，「女人是一天剪指甲一次、一星期排便一次、
一個月行經一次、一年生產一次，以及只要有機會
就性交的動物。」如同徹氏把「性」說得那麼不堪，
毛姆的老師也把女人寫得那麼「賤」（其中，「一星
期排便一次」顯然是為了湊合數字而瞎辦的）。我在
想，說不定這句話是具有同性戀傾向的毛姆自己說
的，然後栽贓給他的老師。

　　再回到「被認為是」徹氏所說的那句性名言。

我確定在他的作品中找不到這句話，因為除了常被引用的「the pleasure is momentary, the position ridiculous and the expense damnable」之外，我還發現其他變體，如「the enjoyment is quite temporary；the cost is quite exorbitant；the position is simply ridiculous」，以及「the price is prohibitive, the pleasure is transitory and the position is ridiculous」，意思大同小異，更加證明，由於沒有確切的來源，所以有人就根據原意稍微改動形容詞，認為自創品牌。

值得一提的是，與徹氏同時代的文學大師桑謬爾‧約翰生在1775年出版的《英語字典》中為「性」下了一個定義：「the expense is damnable, the position is ridiculous, and the pleasure fleeting」，除了momentary換成fleeting（都是「短暫」之意），其他都與最常被引用的原文一樣，只是次序不同。這樣說來，這個有關「性」的名言到

底是約翰生獨創，還是抄來的呢？可能是公案一樁。
不過約翰生的這部字典卻跟徹斯特菲德扯上關係。原
來，約翰生曾擬定了一則編字典的計劃，獻給徹氏，
且親自拜訪他，但卻沒有得到後者金錢上的奧援，讓
約翰生很失望。經過8年的編輯，字典終於完成，徹
氏了發表了一篇書評，自稱是這部作品的幕後功臣，
讓約翰生非常生氣，於1775年2月寫給徹氏一封信，
數落他一番，說他在編輯最困難的時候不在經濟上支
援，等事成後卻急著搶功。

　　除了約翰生之外，還有幾個人說了類似的性名
言。《興仁嶺重臨記》（電影《慾望莊園》）的作者
伊芙林‧華在1954年的一封信中說，「孩子就像生殖
──快感短暫，姿態荒謬，花費嚇人」，只把「性」
換成「孩子」和「生殖」，「姿勢」（position）
換成姿態（posture）。美國著名演員約翰‧巴利摩
說，「性：花最少的時間，惹來最多麻煩」。愛爾蘭
詩人布倫登‧貝漢說，「花錢的性和免費的性之間的

大不同是：花錢的性，其花費通常比免費的性少了很多」，與前句有異曲同工之妙。有一位無名氏說了以下這句話，「有段時間，大部份的男人在面對性的時候，很像把生蠔推進鑰匙洞」，根據這種說法，則連「快感短暫」都談不上了。最值得一提的是，諾貝爾獎得主、《百年孤寂》作者馬奎斯。據報導，有人問他最喜歡《百年孤寂》中的什麼角色，他回答說，「妓女」，因為她們有助於讓最大多數的人在最短的時間感到快樂，且沒有任何人知道。這種說法很像邊沁的「最大多數人的最大福祉」，所以並不像「快感短暫」那麼負面。

　　人們對「性：快感短暫、姿勢荒謬、花費嚇人」這種說法有什麼評語呢？我花了很長時間上網查這方面的訊息，上網時，我長久處於興奮狀態，坐在電腦前的姿勢很端正，且幾乎不用花錢，套用「快感短暫…」的說法應該是，「快感長久、姿勢高尚、花費微不足道」。我找到的第一筆資訊是，《法國中尉的

女人》、《捕蝶人》的作者約翰·傅敖斯在他的日記中所提供的：「徹斯特菲德有關性交的那句巧妙玩笑——費力很大、姿勢荒謬、花費嚇人，我討厭這句話，勞倫斯式的討厭，這只是對『性』的一種太文雅的心態，是對糟糕的狀態提供無用的補償。」日記的編者在註解中把「費力很大」改回「快感短暫」。我們從這段日記看出，作者跟主張「性比機器可愛」的D.H.勞倫斯站在一邊。第二筆資訊是德國心理學家漢斯·艾森克在自傳中的夫子自道：「我對於〔《理想婚姻》作者〕凡·德·維爾德所揭露的事情產生一種感覺，使得我以後變得很喜歡徹斯特菲德有關性交的那句話：『快感短暫、姿勢荒謬、花費嚇人』。他也許低估了快感的部分，因為他沒有閱讀凡·德·維爾德的作品。而藉由小心的處理，確實可以把花費降低，然而他〔徹斯特菲德〕說及的『姿勢荒謬』卻是正確的，只有這一點永遠註定赤裸的色情影片的荒謬成分多於令人興奮的成分。」我想在這兒補充，所謂

的「花費」不只指金錢，也可以指精力，在性之中，金錢和精力的花費都可的藉由小心處理來降低。

　　且慢，那「姿勢荒謬」呢？這一點也有緩解餘地，因為我們可以說，這兒的「性」不一定只指人類；動物如灰熊、貓、狗的性交姿勢在人類看來才荒謬吧。

　　剩下的重點就是「快感短暫」了。就西方而言，D.H.勞倫斯和亨利‧米勒等作家鐵定會說，就算短暫又何妨？是的，快感雖短暫，但太不可抗拒，我們不會去介意花費（金錢或精力），只要行之以正道，花費的問題終究會拋諸腦後，剩下的也許只有一生難忘的美妙回味。墨西哥的諾貝爾獎得主作家卡洛斯‧富恩特斯在《我的信仰》中也提到了「快感短暫…」這句話，但緊接著說，「儘管有短暫、花費和姿勢方面的問題，畢竟世上有誰會想放棄世界那發光、發熱的中心——情人的床？當我們默默無語從情人的床起身時，有誰不會想要把〔西班牙抒情詩人〕貢果拉的這

句話留在枕頭上呢：『甚至面對黑暗，很可愛／甚至面對星星，很明亮』。」就東方而言，持「有花堪折直須折」、「有酒今朝醉」的文人不在少數，如波斯的奧瑪珈音和中國的李白等。春宵一刻值千金，性快感再怎麼短暫，也值百金吧。世間行樂亦如此，古來萬事東流水，無數的短暫也可能串成一條永恆的河。記得惠妮休士頓的歌吧：「我要一個剎那／…／當所有夢想的距離只有一個心跳之遙…／然後在那剎那中／我將感覺，我將感覺永恆。」快感就像心跳，雖短暫卻也串成宇宙永恆的律動。

我在土耳其打了好幾個哈啾

　　初秋的土耳其沒有一絲涼意，我的鼻子過敏早早發作。身為土耳其旅遊行家的C領隊對土耳其的一切當然讚不絕口，不過他也很老實，醜話講在前面：她其實沒有那麼完美，至少屠殺過一百五十萬名亞美尼亞人。話鋒一轉，他談到阿拉伯的勞倫斯（即T.E.勞倫斯）。我一直打哈啾，精神不濟，沒聽清楚他是否講了另一段不光榮史：原為英國人的T.E.勞倫斯偽裝成阿拉伯人領軍反抗土耳其，被土耳其軍人逮捕，遭到雞姦。總之，我聽到他說：T.E.勞倫斯最後騎摩托車，發生意外致死，是英國人的陰謀。我又打了一個哈啾，聲音像「哈嗆」：T.E.勞倫斯這個意外其實涉及自殺動機。他的《製幣廠》一書中有一段話為證：「很多人會毫無怨言地接受死刑，以便逃避命運之神在另一手之中所掌握的生命刑期。」

　　我們不久後到了古城以弗所所在的古薩達斯。只

剩正門牌坊的圖書館，當年曾藏書12萬冊。雖然嗅覺不是很靈，愛書的我仿佛嗅到了一點書卷氣。圖書館對面挖掘到世界最早的廣告牌，刻有一顆心、錢幣、腳印及女人頭部：左腳比腳印大的成年男子可以帶著一顆寂寞的心，帶著錢前進，就會遇到美麗女人。原來這是當時妓院或酒店的廣告。我連打兩個哈啾，這次「啾」音似台語的「搶」。接著又一個「哈搶」，我就搶著拍下了這些圖形，同時想像當年圖書館與妓院相望，兀自沈思《年少輕狂：我的生活與愛》作者法蘭克・哈里斯（Frank Harris）的文學與女人兩得意。

木馬屠城記本非神話，亨利奇・謝里曼在達達尼爾海峽南方發現了特洛伊遺址。不知你們有沒有聽到領隊說了一聲「謝里曼這個壞蛋」，然後就沒有下文了。我嗅覺當然不好，可耳朵還好，也清楚他是指謝里曼用炸藥炸開了九層的古蹟，破壞了重要的歷史工藝品，也破壞了特洛伊那一層。打了一個「哈嗆」

後，我告訴自己：謝里曼不至於是個壞蛋，但他確實不擇手段以達目的。科學講究進步，但考古學就像文學或藝術，可能歷久彌新，一旦以科學方法破壞，何處覓「歷久彌新」？

上一次一起去克羅埃西亞的C太太這次也同行，她插花學得精到，照相自然有一套，隨時一聲令下：「教授，跟太太站在那兒」，接著展示作品，「看，不錯吧」。我隨時都覺得有人會掏出一隻槍對我吆喝「不許動」。這次旅行，我聽到這句台詞的次數比上次更多。一夜，我夢到又聽到她這樣說，回道：「不是才照過了嗎？怎麼還要照？」立刻驚醒過來，打了一個「哈唅」。其實我寧寫一篇遊記，也不要拍一百張照片。

「看到右手邊一個土耳其人倒騎著驢子的雕像嗎？他是荷賈。我記得他，因為他名字的發音就像台語的『好吃』。」領隊的聲音在我昏沉的腦中響起。然後他講了一個有關荷賈的故事，我完全清醒過來，

好一段時間沒有打哈啾。荷賈向鄰人借了一個大鍋，
奉還時加了一個小鍋，鄰人問原因，荷賈説，大鍋生
小鍋。不久，荷賈又向鄰人借大鍋，但好久都沒還，
鄰人問其故，荷賈説，大鍋死了，鄰人再問其故，答
説，既然會生小鍋，當然就會死。我記起家中有一本
荷賈故事集，回國後得好好讀讀這位土耳其智者的這
本傑作。

　「在左前方的山上可以看到幾根石柱，是一個美
國人亂插上的，宣稱是古蹟，他在這一帶很有名。」
「叫什麼名字？」「不清楚。」那晚我在旅館中獲知
他叫Andrew Rogers，查Google，發現他其實是有名
的大地藝術家，除了在土耳其，也在很多地方留有傑
作。我不記得當時有沒有打「哈嗆」。

　聖蘇菲亞大教堂！世界第四大！遊客如織！丹麥
哲學家齊克果有言：「有群眾的地方就沒有真理。」
他説，基督教的敵人之一是：只會上教堂、不會深思
的人。他一生一直在思考一個問題：「我如何能夠

成為一名基督徒，而不是一個不會深思的上教堂者（non-reflective church-goer）。」不知他是否曾從老遠的丹麥來到土耳其這座聖蘇菲亞大教堂向眾遊客嗆聲？──雖然這座教堂本是回教徒的清真寺，而遊客也不見得全是每星期日上教堂的人。

伊斯坦堡，不要為我哭泣。什麼是什麼啊！我應該說：「伊斯坦堡，我來了，雖然我噴嚏不停。」眾多遊客也許不知他們來到這兒，就像葉慈「航向拜占庭」。伊斯坦堡的歷史一定要回溯到拜占庭。「那不是老人的國度。年輕人／互相擁抱…／耽溺於感官音樂，遺忘了／永恆智慧的紀念碑。…／所以我航渡大海，來到／聖城拜占庭。…請領我／進入永恆的精妙藝境。」（邱坤良譯）葉慈這樣說。伊斯坦堡啊，你繼承了拜占庭的光輝盛世，請容我溶入你淬煉的智慧中，請容我「哈搶」、吸收你的日月精華，至少在「哈搶」聲中搶先拍下北連黑海的博斯普魯斯海峽那無垠的湛藍。就算無法用相機捕捉到達達尼爾

海峽的「兒女情長」（這海峽讀起來正像「他她女兒
海峽」），就算無法親炙由達達尼爾海峽連接愛琴海
的馬爾馬拉海那似水的「慈祥」（馬爾馬拉海唸起來
正像「媽媽的海」），至少也可以在遠眺中靈視你們
神祕與深幽的美。博斯普魯斯海峽是歐洲與亞洲的
水界，最窄的地方卻只有700米。吉卜齡啊，你寫的
〈東方與西方歌謠〉一直為人誤解。世人只記得第一
節的「西乃西時東乃東，／兩處不相逢，／至審判
日，／大地對長空，」卻忘了第二節的「異極兩雄迎
面立，／再無疆界劃西東，／生來平等，／養育也應
同。」（竹本郎譯）短短的700米海域不但「再無疆
界劃西東」，也幾乎使東西海域水乳交融。

土耳其人何其有幸，地跨東西兩大洲，卻可憑藉
渡輪之便享受「住在亞洲、卻在歐洲上班」的異國風
味。在土耳其東北的保加利亞就沒那麼幸運了。保加
利亞當代作家米羅斯拉夫‧彭可夫在《西方的東方》
一書有一篇故事，描述一個男孩每隔5年才可與所愛

的表妹在把他們的村莊分隔成東西的河中見面，這才是真正的「西乃西時東乃東」。

　　肚皮舞之夜空氣污濁，我連打幾個哈啾。配合現場台灣觀眾而演奏的〈高山青〉和〈康定情歌〉雖旋律動人，仍然阻擋不了我鼻涕潸潸而下。在頻頻「哈嗆」聲中，我不禁自忖：台灣觀光局應該寄給他們「快樂的出航」的曲譜，取代〈康定情歌〉吧。前一天乘船暢遊博斯普魯斯海峽達32公里長，正是「快樂的出航」的寫照：「…無限的海洋啊，歡喜出航的日子，綠色的地平線，青色的海水…天連海，海連天／幾千里…」

　　搭機離開伊斯坦堡那天，我哼完了〈快樂的出航〉，接著吟哦「請君試問東流水（博斯普魯斯海峽的水），別意與之誰短長？」。在機上當然「哈搶」連連。

哇！爪哇，哇！峇里島——
印尼遊淡描

不去張安薇被綁架的大馬沙巴，那就去鄰近的印
尼吧。

恕我膚淺。總以為趁走得動時先到較遠的國度旅
遊，等年紀大再前往比較近的地區，因此歐美國家的
天氣情況較熟悉，竟不知印尼（包括峇里島）十二月
中人們皆著短袖衣衫，至少氣候有如暮春，而此次印
尼旅遊的點滴只能用「哇！爪哇，哇！峇里島」來概
括。

第一站日惹，遊婆羅浮圖佛塔時，下了陣雨，我
幻見佛陀浴於春雨中拈花微笑。華僑第三代的導遊張
小姐的十五歲女兒隨車實習，用當地中文學校所教的
國語講（有點像朗誦）了一段黃香孝順父母的故事，
聽了有如浴於「十二月春風」，不甚搭軋，倒也溫
馨。

重頭戲在峇里島。導遊小陳劈頭就說，遊客中最

多的澳洲人是來衝浪，峇里島當地人則動作慢吞吞，越催他們，他們越不知所措，所以峇里島有「浪」也有「慢」，很「浪」「慢」。日本遊客第二多，日本女孩是來海灘邂逅Beach Boy，聽小陳這樣一說，十二月又隱然透出夏意。峇里島當地的男人據說可以娶四個太太，一個煮飯，一個按摩，一個工作賺錢，一個讓他帶出去享樂。哇！這豈止是「浪」「慢」？後來我想一想，好像有問題，峇里島人大都信印度教，不是伊斯蘭教，顯然小陳只想製造歡樂氣氛。

　　晚餐時間是在所謂的「蜜月灣沙灘俱樂部」享受「金巴蘭夕陽BBQ」，品嚐一大盤碳烤海鮮。享受歸享受，環保議題仍然浮現我腦海。美麗的海灘已被碳烤薰煙污染。雖然海浪的天籟對著金巴蘭的夕陽訴衷曲，加上味蕾不斷受到挑逗，固然視覺、聽覺、味覺三位一體，五體滿足，尤其中午時曾在海龜島抱到大海龜，聯想海的浩瀚與龜的長壽，心靈其實也感覺很豐饒，但我還是一直想著：我們只有一個地球，上

帝卻還有其他星球，有一天上帝會捨棄污染的地球，
選擇其他星球，為它們裝扮更美的海灘夕陽，到時人
類就噬臍莫及了，是故，「大地已反撲，人類應返
璞」。話說得冠冕堂皇，但我的一盤碳烤海鮮照樣全
部下肚，難得一次體驗「昔年多病厭芳樽，今日唯恐
芳樽淺」的心情。年紀越大是應該越珍惜身體？還是
趁年華有限，有花堪折直須折？這個問題的難度直逼
哈姆雷特的「to be or not to be?」，但我所引的
「木蘭花」一詞中的這十四個字也許可供參考。

　　萬隆是印尼的「花都」，卻看不到花。當然，
此花非彼花。不過反正它是「爪哇的巴黎」，卻四季
如春。尤其安格龍（民族竹樂器）竹樂團的表演教人
如坐春風，蘇東坡說「無竹令人俗」，良有以也。此
地的「覆舟火山」是印尼活火山之一，形狀像倒放的
船，聽了這名字的典故，前半段令我有點毛骨悚然，
後半段說，男主角不知道自己要娶的美麗女人是自己
的母親；這女人限他一天之內建好一艘船，才答應嫁

他，他滿懷希望，自信可以完成任務，不料公雞卻提早啼晨，好事難圓，他一氣之下把未完成的船一踢，變成了覆舟。這又是一則浪漫傳奇嗎？

　　描述雅加達街道的繁華猶其餘事。經過印尼排華時代遭巨大劫難的那條街，看到人去樓空的房子，有若秦淮敗柳的殘相。巴士緩緩駛經所謂「湛藍輝煌」的中央銀行，耳際傳來一聲「看，左邊這間房子我最喜歡。」你應該知道是誰說的話。倒很風趣：印鈔票的地方有誰不喜歡？接著傳來一聲「你喜歡，爸爸買給你。」我知道說這話的人是旅行團成員「勇哥」。

　　下午參觀「獨立紀念碑」，雖知道紀念碑頂部火把是用五十公斤的黃金打造成，但我其實無動於衷，不過一聽說，紀念碑的形狀像杵與臼，透露下令建造此碑的蘇加諾總統對性與色的嚮往，我心底不禁為之一震，可惜回國後遍查資料，偏偏沒有這方面的記載。

　　回到台灣，再度面對與印尼的天氣形成對照的寒

冬。三天後，被綁架的張安薇獲釋，我先是在心中叫
道「哇！沙巴」，但仍難掩這次印尼之行點滴串成的
生動印象：「哇！爪哇，哇！峇里島」。

公民不服從

1.

學運之後,「公民不服從」成為熱門名詞。談到「公民不服從」,總要想起梭羅,因為他除了寫《湖濱散記》之外,還寫了出名的《公民不服從論》,且身體力行。其實,「公民不服從」可以上溯到古希臘的悲劇《安媞貢妮》(Antigone)。在劇中,國王克里昂下令不准埋葬伊底帕斯的兩個為爭奪王位而互相殘殺致死的兒子,但妹妹安媞貢妮還是不顧國王的命令偷偷將他們埋葬,因為她認為,還有比國王的權威更高的天理、律法在。梭羅的《公民不服從論》討論的是:公民在面對政府和強權的不義時,可主動拒絕遵守若干法律,與安媞貢妮的精神若合符節,而且梭羅還更精進地宣稱,「被政府監禁的正義之士們,他們的棲身之地就是監獄。」

我在偶然的機會讀到了英國史特林大學皮伊羅‧

莫瑞羅（Piero Moraro）的論文《公民不服從與公民
美德》（Civil Disobedience and Civic Virtues）
的摘要，覺得頗具原創性。莫氏認為，「公民不服
從」有其道德的正當性。他的「公民不服從」觀點
不涉及「結果論」（consequentialism，詳後），
專注於「美德倫理學」，即「公民美德」（civic
virtues），似乎與馬丁‧路德‧金恩將「公民不服
從」和「行善」連接的概念遙相呼應。莫氏指出，在
某些情況下，一種公民不服從行為就是表現不服從的
公民的一種有美（道）德的性向。要實現對法律的責
任，不僅要藉由服從的行為，也在不同的情況下要藉
由不服從的行為。莫氏並質疑「非暴力之為公民不服
從的必要成分」的說法。他認為，在「公民不服從」
中，某一程度的暴力是可允許的，只要它同時尊敬別
人的自主性。他也在論文中分析民主政治中的「理性
的不同意」的觀念。最後，他認為，表現「公民不服
從」的公民要願意接受違法行為的後果，且要有責任

面對受到懲罰的可能性。一旦一個有美（道）德的公民不服從者出現在法庭時，他應該努力辯稱自己無罪，也要讓其他公民相信他不應受罰。

談「公民不服從」不能不提《正義論》的作者羅爾斯（John Rawls）。羅氏辯稱，如果一種公民不服從行為的目標具足夠的重要性，則在某些條件下，它就是正當的。第一個條件是，所有改變法律的合法努力都失敗了──「公民不服從」是一種「最後的手段」。第二個條件是，「公民不服從」必須是非暴力的，因為非暴力的結果比暴力的結果好。

但是，我們卻可以對這兩個條件提出異議。這兩個條件也許有幫助，但它們是必要的嗎？如果情況很緊急，沒有時間等到所有合法的方法都失敗了，那麼我們也許可以立刻採取「公民不服從」的行動。至於暴力問題，爭論點不應是「暴力vs非暴力」，而是「行為的目標是否使得行為的結果變得正當？」（「結果論」，詳後）。有時，非暴力的結果可能跟

暴力的結果一樣糟，例如救護車的司機罷工。有時，有限度且控制得體的暴力也可以達到非暴力所無法達到的目的，例如在面對國家的不公不義時。

但羅爾斯認為，「公民不服從」如來果引起社會動盪，其責任不在「抗命」的公民，而在那些濫用權力和權威的人。其實，「公民不服從」具有大破大立的功能，如能帶來小確幸，也屬難能可貴。動盪難免，但綠水因風皺面，青山因雪白頭，風的動盪和雪的覆蓋並不會是永久的。

2.

現在我們純粹就前面提及的「結果論」來探討「公民不服從」。

根據但昭偉所著的《教育大辭書》，「結果論」「主張判別行動好壞或是非的標準，依該行動所（或是否可能、或是否意圖）產生的結果（consequence）而定……在道德哲學的討論中，結

果論與目的論（Teleology）是同義詞…結果論所勾畫出的道德體系中，核心概念是「價值」（value）而不是義務（duty, obligation）。功利主義（utilitarianism）即是結果論的一種…」

　　既然「結果論」與「目的論」是同義詞，所以「結果論」就可以以英文中的「ends justify the means」（「目的」決定「方法」的正當性）來涵蓋。當然，「目的決定方法的正當性」的說法是源於《君王論》的作者馬基雅維利：「雖然行為者因為行為而受到譴責，但目的卻可能使他具有正當性。」有人將馬基雅維利的原文（義大利文）譯為英文「When the act accuses, the result excuses（「行為」提出控訴，「結果」提出辯解）。從這兒可以看出「目的」與「結果」的互通。（英文中的end本身就具有「目的」和「結果」兩義）。

　　又既然功利主義（以邊沁為代表）是結果論的一種，我們就以功利主義的學說來應用在「公民不服

從」上。功利主義者認為，「好」的行為或「有道
德」的行為是「為最大多數的人帶來最大量的快樂和
最少量的痛苦」的行為。雖然我們很難準確地量化
「好」與「壞」，但我們一般都會認為，偷一顆糖並
不會像無緣無故打人那麼壞。功利主義者會盡量將某
一行為加以量化，把行為的「結果」所帶來的所有好
處加起來、然後扣掉「方法」的不好部份。如果結果
是正數，那麼這個行為在道德上就是正當的。總之，
如果「結果」的道德利益大於「方法」所導致的道德
損失，那麼「結果」（或目的）就決定方法的正當
性。就「公民不服從」而言，如果行為的「結果」是
正面的，則「方法」（無論是暴力法或非暴力方法）
就具正當性。如前所述，結果論的核心概念是「價
值」而非「義務」。

3.

最後，我們要提出三個問題做為結論。第一個

問題是，如果你在一次「公民不服從」行動中可以藉由殺一個人而拯救世界，你會做嗎？如果答案是肯定的，那麼，我們就可以說，因為結果在道德上是正確的，所以「使用不道德方法達到目的」就是正當的。第二個問題是，這個殺人者會在他所拯救的世界中受罰嗎？第三個問題是，假定他所受的懲罰是被判死刑，那麼，他所拯救的世界卻剝奪了他的生命（恩將仇報？），這樣算正當嗎？

你所不知道的荷比盧

0.

我的學生曾說，處女座有一個特性，是喜愛傳播知識。還真準，我孜孜於翻譯工作，不正是傳播知識的一種？前不久與遠景出版社創辦人沈登恩先生的夫人見面，據她說，沈先生是處女座，難怪生前他的出版社出版了那麼多傑出作品。

此次荷比盧之旅，見聞到不少我們所參加的旅行團的導覽手冊所沒有提供的訊息，本於傳播知識、訊息的理念，在這兒與去過或未去過這三個國家的人分享。

1.

在比利時根特地方的某處展示著一座廢棄的大砲，砲身可容小學生數位。小學生好奇、調皮，經常多人擠進砲中，試試看最大的容量何在。於是根特當

局在大砲兩邊各加一塊透明玻璃來阻隔，看似一座大單眼望遠鏡或大顯微鏡。

　　大砲不遠處有一座啤酒廠。某年，啤酒廠的啤酒漲價，一群大學生佔據酒廠，盡情享受飲酒之樂，媲美台灣的「太陽花」，只是「太陽花」較悲情，啤酒花則浪漫多了。

2.

　　比利時布魯日地方有一家巧克力店，名為Chocoholic，意為「巧克力迷」或「愛吃巧克力的人」，但字尾同樣是holic的alcoholic卻是「酒鬼」或「酒精中毒的人」。看來holic跟chocolate比較速配。

3.

　　比利時根特地方的聖巴多夫教堂藏了一幅名畫〈神祕的羔羊〉，為胡布列奇（Hubrecht）和揚·

凡‧艾克（Jan van Eyck）所畫。喬治克隆尼自導自演的電影《大尋寶家》最核心的寶物即是〈神祕的羔羊〉，又稱「根特的祭壇畫」，相當於藝術品界的「雷恩大兵」，《大尋寶家》影片一開始的一個場景即是〈神祕的羔羊〉一畫，可惜參觀此畫不在行程中，無緣目睹這幅歷經萬劫歸來的名畫。

4.

荷蘭海牙的莫利斯博物館（Mauritshuis）收藏了很多荷蘭畫家的名作，如布魯格爾（Brueghel the Elder）、魯本斯和安東尼‧凡‧戴克（Anthony van Dyck）。當地導遊在講解安東尼‧凡‧戴克的一幅畫時，由於我對繪畫七竅通了六竅，加上先前聽說〈神祕的羔羊〉為揚‧凡‧艾克所畫，而我在出發前曾讀了李煒的《嫉俗》一書中的一篇文章〈傑作的祕密——弗蘭德畫家艾克（Jan van Eyck）〉，所以我自作聰明，以為導遊把凡‧艾克講成凡‧戴克，就問她

是不是凡‧艾克，她立刻回答説，「對，應該是凡‧
艾克，不過有不同譯法、反正名字是安東尼。」天
啊，上網一查，才知道她誤把杭州當汴州。揚‧凡‧
艾克誕生於1390年，去世於1441年，安東尼‧凡‧戴
克生於1599年，死於1641年，一個是15世紀荷蘭畫
家，一個是17世紀荷蘭畫家，只因兩人的姓Eyck和
Dyck的一個字母之差就搞混了。總之，這位導遊似乎
太不專業。

5.

　　為紀念梵谷去世125周年，荷蘭藝術家兼設計師
魯色加（Daan Roosegarde）打造了以梵谷名著〈星
夜〉為主題的「星光自行車道」，包含在300多公里
的「梵谷腳踏車道」中，所以要看梵谷的名畫〈星
夜〉除了去博物館之外，現在騎腳踏車也可看到了，
就在荷蘭的努伊能地方，也就是梵谷的故鄉。
　　不過到羊角村附近的梵谷森林卻可以享受到比馳

騁在「星光自行車道」更寫意的經驗。「梵谷森林」
被稱為「荷蘭的綠寶石」，佔地5400畝，備有1500輛
免費腳踏車，騎腳踏車沿途會經過遠望似神祕古堡的
「庫勒——穆勒鄉村小屋」，以及所謂的「瓊瑤大
道」。我們那天上午騎了一個小時的單車，體驗到了
人間那得幾回有的森林芬多精浴。一位本來不會騎腳
踏車的五、六十歲太太也許看了導覽上的說明「此地
沒有協力車，參加者需會騎乘單車，不參加者不另退
費」，所以她在來荷蘭前拼命學會了小學生都會的騎
腳踏車，精神實在可嘉，相信她會認為很值得。

6.

　　眾所周知，拿破崙三世稱帝後，法國大文豪維
克多・雨果被迫流亡海外，1851年逃到比利時，曾經
稱讚比利時的根特地方為「北方的威尼斯」，布魯塞
爾的黃金大廣場也被他譽為全世界最美麗的廣場。他
於1862年到盧森堡的維安田，住了9年之久，當地有

他的雕像，以及以他命名的旅館。《悲慘世界》等作品是他在這段流亡時間寫成。我們有幸在今天聽到電影《悲慘世界》中的主題曲之一〈你聽到人民的聲音嗎？〉。1860年，英法聯軍焚毀圓明園，他寫信譴責英、法兩國破壞東方文化。

無獨有偶，馬克斯與恩格斯也在黃金大廣場的天鵝廳完成了《共產黨宣言》。雖然比利時庇護了馬克斯，他還是為文批評附近的購物長廊，而雨果住在黃金大廣場時，他的情人卻住在購物長廊。雨果似乎跟馬克斯一樣不喜歡象徵資本主義的購物長廊。無論如何，比利時有幸成為兩位名人的落腳地，可謂名副其實的自由福地。

7.

提到維克多·雨果，今人聯想到雨果·格羅秀斯(Hugo Grotius)。維克多·雨果的姓與雨果·格羅秀斯的名相同。格羅秀斯是哲學家、神學家、戲劇

家、詩人，智商高達200。他的天賦人權說和盧梭與
洛克同樣影響人類甚鉅。由於受到喀爾文教派的迫
害，他被捕入獄，幸賴妻子把他裝在一個書箱逃亡法
國，寫了一部著名的國際去，荷蘭海牙的國際法庭是
為紀念他而成立。

8.

　　荷蘭的馬斯垂克是歐盟發祥地，當地有一
家由教堂改建的書店（Selexyz Dominicanen
Bookstore），由道明教會所建，有人說它是最靠近
天堂的書店，因為它蓋在教堂中，名字就叫「天堂書
店」。阿根廷作家波赫士說，「如果有天堂的話，我
想它的樣子一定是圖書館的模樣。」把天堂想像為書
店或圖書館，我認為都切中肯綮，因為我嗜書如命，
坐擁書城，南面稱王，與置身天堂不遑多讓。

9.

　　比較遺憾的是，沒有去瞻仰大哲學家史賓諾莎在阿姆斯特丹的出生地。難怪嘛，「安妮之家」的歷史淒楚動人，當然列入行程，何況《安妮日記》被譯成65種語言（一說75種，但比不上《小王子》的253種），而史賓諾莎是比較深奧的哲學家，似乎不可同日而語。

10.

　　薩克斯風是比利時人阿道夫·薩克斯（Adolphe Sax）於1840年所發明，但台灣卻是全球製造薩克斯風樂器的最大工廠，當然，遊艇工業台灣也是數一數二，更不用說腳踏車的產銷了，再加上101高樓，Taiwan Number One 並非浪得虛名。

忘歸洞及其他

天上一日，人間一年，日本紀州五日，台灣多長？前往紀州忘歸洞泡湯也許就知道。

我生長在「台灣最大的湖」，澎湖，從小愛海。前往紀州浦島飯店要坐烏龜造形的小船，我喜歡。旅館房間面海，我更喜歡。最有名的忘歸洞溫泉可以望向欄杆外的太平洋，我超喜歡。一日黃昏我跟妻子去泡忘歸洞的男湯和女湯，我自己目睹一波海浪濺進泉水。海水的冷冽遇上溫泉的熱氣，不知產生什麼微妙的化學變化？是那一波海浪覺得溫暖？還是一池熱湯喊爽？我倒認為溫泉的「熱」情抵擋了大阪灣的驚濤駭浪。在恣意享受人間能得幾回聞的波濤聲時，我默默對太平洋說，溫泉庇護我，你奈我何？

難怪當初紀州藩的德川賴倫來泡了忘歸洞後，竟然忘了回去，因而有此名，而想不到德川還和孫中山扯上了關係。陳鵬仁所著的《近代中日關係史》第

二章「孫中山與南方熊楠」中有一段文字：「……南方〔熊楠〕的故里紀州…的舊藩主德川侯爵的養嗣子賴倫…參觀大英博物館之際，南方曾向德川介紹跟他交談中的孫中山；自後南方曾將當時的情形在…信裡這樣說：『當時孫很落魄……德川賴倫侯爵…來大英博物館時，我曾把孫介紹給德川侯爵，當時有人批評說，把這個亡命之徒介紹給華族的南方，實在是極其危險的人物。』」

大概德川和孫中山不會要好到兩人一起去泡忘歸洞而忘了回家吧？

海與溫泉可以是親家，海與河的關係又如何？你知道我何所指嗎？海賜給我生魚片，河讓我想到河豚。我和另一位團員林先生利用自由活動時間坐計程車到大阪心齋橋一家河豚料理店享用了一頓河豚套餐，其中河豚沙希米最能挑動味蕾，只能用「彈牙」來形容。去之前我盡量不去想：會不會因河豚劇毒而喪命？林先生說，就算喪命也值得（回國後，我在網

路上看到一段文字：「既便是在對於處理河豚如此技藝精湛的日本，每年仍有3～5百人因為誤食河豚毒性致死……」）。人會為財死，也會為食亡。

李昂曾說，有一種鳥（忘記其名）因為瘦弱無肉，獵人沒有興趣，常能保命，這其中隱含明哲保身的寓意。不過，玫瑰有刺，還是有人甘願流鮮血「殉美」。河豚貌醜，但因味美，你叫牠如何保身？

在前往機場搭機回台途中，領隊小姐接到一通電話，然後突然宣佈說：「ＸＸ旅行社8個人不給小費，請你們當眾說清楚，有什麼誤會，請講出來。」事後知道這8人中有幾個老人曾被安排睡在塌塌米，不是普通床，起床時必須滾動身體到牆邊，用手支撐牆壁站起來。在高齡化社會中，日本觀光當局應該儘量捨棄塌塌米，否則沙希米恐怕也無法彌補塌塌米的缺憾。

小費問題解決後，領隊小姐顯然寬心多了，她請第一排的一位太太唱歌。她唱的是kuso版的〈你儂我

儂〉：「你儂我儂我耳朵聾，你說什麼我聽不懂，再說一遍還是不懂，你說你愛我，我才聽得懂。」回家後我狗尾續貂了第二段：「你儂我儂有忘歸洞，我們的泡湯池不同，名叫忘歸洞則相同，我說我忘歸，妳也聽得懂。」

我去西班牙找碴？

西葡之行，不必寫大伙兒大肆採購名牌鞋
Camper、名牌包Lowie的盛況，I don't go to
Spain to spend（我不是去西班牙花錢）。也不想寫
西班牙的景與物。就寫旅途中與西班牙有關的過往名
人，無論真實或虛構的。尤其要寫西班牙的當地導
遊，當然也包括台灣的領隊小姐。

先以里斯本的「仙達宮」來暖場。領隊小姐很貼
心，在進入「仙達宮」之前，就在車上為我們介紹裡
面的「天鵝廳」和「喜鵲廳」，是行程導覽手冊中所
沒有的部份。「天鵝廳」的天花板上畫著27隻栩栩如
生的天鵝，姿態蹁躚，神情各異，國王伊曼紐爾二世
別出心裁，為27歲出嫁的女兒伊莎貝兒描繪出嫁前的
27年青春歲月、花樣年華，父女情濃，令人動容。至
於「喜鵲廳」則是畫了136隻喜鵲，源於國王認為宮
女們喜歡喋喋不休傳播閒言閒語，有如喜鵲。據說，

國王偷吻一位宮女時被逮個正著,這些「喜鵲」們就
爭相奔告。不過,領隊小姐似乎漏了較精彩的一段:
國王背著王后追求其中一位宮娥,送給她一朵玫瑰,
一隻喜鵲啄走了這朵玫瑰,國王在尷尬之餘只好找藉
口說,「為了做好事」,並請畫家為每位宮女畫了一
幅喜鵲圖,每隻喜鵲都口銜一朵玫瑰以及一張紙卷,
上面寫著「為了做好事。」還真有幾分繾綣浪漫。

　　終於跨越西葡邊境,來到西班牙的塞維亞。可
惜啊,旅行社沒有請深入講解的當地導遊,只在手冊
中說,「風情城市塞維亞,如同熱情的佛朗明哥舞
般⋯」,那麼,將歌劇《塞維亞的理髮師》、《卡
門》、《唐喬凡尼》、《費加洛的婚禮》及它們的作
者置於何地呢? 這些歌劇都是以塞維亞為場景,手冊
中並沒有提及這些部份。應該有西班牙導遊針對塞維
亞為我們灌輸一些文化氣息。

　　緊張緊張!刺激刺激!有關哥倫布屍骨埋葬之地
的好戲似乎就要在塞維亞上演。教堂的的西班牙導遊

堅稱，哥倫布屍骨埋葬在塞維亞大教堂中。但有一種
說法是，哥倫布骸骨一套葬在塞維亞大教堂中，另一
套則埋在多明尼加的聖多明哥，雙方都表示，他們的
骸骨才是真品，甚至就比對DNA而言，有一說是比對
哥倫布的弟弟迪亞哥，另一說則是比對哥倫布的私生
子赫南杜。根據自由時報電子報2006年5月21日的報
導，「哥倫布的確長眠西班牙。」我寧可相信，這位
西班牙當地導遊不會是「愛國」導遊。

　　西班牙的隆達地方是鬥牛發源地，以海明威的
小說《戰地鐘聲》拍攝的電影以此地為場景之一。
我們的領隊小姐補充說，是以此地的「新橋」為背
景。有一說是，隆達是《戰地鐘聲》小說中的故事
的發生地。我們的導覽手冊是說，「《戰地鐘聲》名
劇便以此〔隆達〕為場景之一。」到底是小說故事的
發生地？還是電影的拍攝地，抑或兩者皆是？因不關
宏旨，恕我疏懶，一時也不想考証，但《戰地鐘聲》
不是名「劇」倒是真的。如不找碴，「劇」指電影也

說得通，因為有「劇」情。領隊小姐補充了「新橋」後，我問她，那《新橋戀人》中的新橋是不是此地，她說，「新橋」那麼多，怎知道？（現在我知道，《新橋戀人》中的新橋在巴黎）。

　　晚上宿於直布羅陀的方舟飯店時，忽然閃過一個想法：直布羅陀人之所以不回歸西班牙，是不是也跟《戰地鐘聲》「描述一位英國教授為了西班牙內戰奉獻生命」有關？

　　海明威啊，你的幾部作品的中譯名稱把我搞慘了。領隊小姐在巴士上提到海明威曾到非我們目的地的瓦倫西亞欣賞奔牛節活動，因此寫了《The Sun Also Rises》，又加了中文譯名《太陽也升起》，我忽然脫口說，「是《戰地春夢》」（雖然聲音不大）。現在我認錯了，《太陽也升起》或譯《太陽依舊升起》、《妾似朝陽又照君》，和《戰地春夢》(A Farewell to Arms) 並不是同一部作品。要找別人的碴之前，先刮自己的鬍渣吧。

　　第二天在格拉那達的阿罕布拉皇宮聽到西班牙
當地導遊說，其中一個房間是美國作家華盛頓·歐文
（《歐文見聞錄》、〈李伯大夢〉的作者）生前到西
班牙寫作的地方，倍感親切，畢竟我對英美文學的熟
悉度勝過西班牙文學。匆忙中問這位導遊：歐文是用
英文寫作嗎？如果我沒聽錯，他說是用西班牙文。回
台後翻閱資料，知道歐文應該是在阿罕布拉皇宮寫了
《阿罕布拉宮的故事》，是第一本引起美國人對西班
牙人「生活與歷史」感興趣的作品，可是抱歉，是用
英語而非西班牙語寫成。現在，我仍然認為，這位導
遊不是「愛國」，而是水平不高。我當時不知歐文在
阿罕布拉皇宮是寫些什麼內容，私底下問這位導遊，
他說是有關哲學的，然而，有關「哲學」和有關「生
活與歷史」畢竟是有差距的。

　　下午到哥多華參觀美麗的清真寺，換了一位女導
遊。她說，這座清真寺是世界「第三大」。我忽然記
起，我在〈我在土耳其打了好幾個哈啾〉一文中寫過

土耳其的聖索菲教堂是世界「第三大」，就私下詢問她，她說，聖索菲還是不如哥多華的這座大。幸好我沒有跟她爭辯。事實証明，我在那篇文章中寫的是，聖索菲亞是世界「第四大」。「找碴」要很小心，否則可能凸槌、自取其辱。

　　快速火車把我們載往唐吉訶德大戰風車的拉曼查地方。領隊小姐先跟我們講了唐吉訶德的故事，她的結論是：「人要面對現實，不要流於空想。」我很想把我在〈塞萬提斯與唐吉訶德〉一文中的一段文字告訴她：「唐吉訶德所投進的世界就像我們自己的世界一樣是不公正的。我們這個世界需要像唐吉訶德這樣一個『神聖的愚人』來嚴肅看待這個世界的罪惡。」但我終究沒有說出來；「找碴」不一定要「炫學」，不過還是讓我們一起重溫電影〈夢幻騎士〉（指唐吉訶德）的主題曲〈The Impossoble Dream〉（「不可能的夢」）中的前三句吧：

To dream…the impossible dream

（做著…不可能的夢）

To fight…the unbeatable foe

（迎擊…打不敗的敵人）

To bear…the unbearable sorrow

（忍受…不可忍受的悲愁）

　　午後是托雷多之旅。在參觀教堂之前，我忽然
不很確定傳說中的風流人物唐璜是不是西班牙人，
就請教當地導遊。她說，唐璜（Don Juan）有很多
位，是哪一位？又說，唐璜不是西班牙人，應該是
唐喬凡尼（Don Giovani），是義大利人，這一說把
我搞糊塗了。但現在我已確定：唐璜是傳說中的西
班牙「情聖」，只是莫扎特寫了歌劇《唐喬凡尼》
（Don Giovani）（即唐璜），而Don Giovanni 是義
大利文；這位導遊把義大利文和義大利人混為一談。
當然，她也不至於是一名「愛國」導遊，只是水平似

乎不高。西班牙人都似乎把義大利人哥倫布視為國寶了，應該不會「愛國」到把聲名狼藉的唐璜排除於西班牙人之列。如果好義大利人就是西班牙的，壞西班牙人就是義大利的，那會有損國格的。

馬德里啊，我們來了。普拉多美術館比教堂有趣多了。館中有一幅哥雅的〈裸體的馬哈〉，參觀完後，我拿著導覽圖，指著這幅畫的縮小圖對當地的西班牙導遊說：好像馬內或莫內畫了一幅類似的畫，她說好像沒有。回國後查了一下，馬內確實畫了一幅類似的〈奧琳匹亞〉（我在畫方面才疏學淺，不知兩者是否可稱為「類似」）。

隔天早晨，到西班牙廣場拍塞萬提斯和手指西方的哥倫布的雕像。我家中有一本英文小說，把哥倫布描述為唐璜似的風流人物（前面提到他有私生子，或可為佐證），於是把此事告知新來的當地導遊，她似乎不以為然。我又問：有無西班牙文的哥倫布傳，她說沒有。事實上，哥倫布的兒子費迪南就用西班牙文

寫了一本，還譯成義大利文。

　　巴塞隆納的參觀景點中，我只對「米拉之家」有
興趣。「米拉之家」是商人米拉請高第設計的奇特房
屋，問題是，米拉娶了古阿狄歐拉（Guadiola）的寡
婦賽姬孟（Segimon），而古阿狄歐拉是家財萬貫的
富翁，因此米拉才有財力請高第設計、建造這座富麗
堂皇的建築，再加上賽姬孟在設計方面也有主見，私
意以為，稱之為「賽姬孟之家」或許也適合。

　　我們的領隊小姐是我在國外旅遊的經驗中見過的
最佳領隊，她內心充滿服務的忱悃，說話的聲調讓人
如沐春風，如飲醇醪，是典型的能幹又貼心的台灣女
性，口譯也一流，除了有次西班牙導遊講解一幅畫中
耶穌被釘上十字架前猶大吻他，她在口譯時漏了「猶
大」，另一次把畢卡索的立體主義派（cubist）譯成
「塊狀」什麼的。總之，她幾乎臻至完美境地，所以
我對她說，「Perfect，只差妳沒告訴我們芳齡。」
其實，我找她的碴，是有點「焚琴煮鶴」的罪惡感。

一月，陽光依戀塔斯馬尼亞

　　一月，我在塔斯馬尼亞曬滿一身的陽光，回到濕冷的台北，時常思念多陽光的異國，一旦在書室坐定，記憶就不停攛掇我，濕冷的現實頓時消失無蹤，書架上似乎灑滿金色陽光。回憶一如想像，是擊敗無情現實的魔法師。

　　魔法師馳車載我回到48公頃的薰衣草農場，薰滿花香後，來到威廉山國家公園的火焰灣。其實火焰灣沒有一絲火焰，有的是白色沙灘，散佈著巨大橙紅色花崗岩，像牛乳在紅火中熾燃，白紅兩色互相爭豔，應該說相互輝映。我在大岩上坐下，面對大海，不經意看到左方一柱孤伶的燈桿上棲息著一隻鵜鶘。牠是一隻哲學鳥，在沉思中睨視洶湧的波濤。海鷗喧囂，鵜鶘的哲思不為所動。我們離去了，牠渾然不覺，難得一隻離群索居、唯我獨尊的鳥。燈桿上的燈還沒亮起傳送溫暖的光，在海風的吹襲中，牠卻一點也不哆

嗦，原來有夕陽相伴，雖日薄崦嵫，仍捎給牠溫馨。
想起台北也許正微雨，心中湧上幸福的微熱氤氳。

　　晚餐前在禮品店看到架子上展示了幾本鵜鶘叢
書。對了，鵜鶘不就是塘鵝？「企鵝叢書」和「塘鵝
叢書」這兩塊饒富書香的招牌，不知啟蒙了多少人的
心靈，此時只見「塘鵝」，而「企鵝」缺席，正好排
除後者給人的寒冷聯想？

　　旅館面海，紅嘴鷗啁啾。八點了，天還很亮，也
沒涼意，這兒的暮色與一月台北黃昏的黯沉對照，透
露些許令人愉悅的不協調。

　　其實天氣也沒有熱到逼人喘不過氣，更像是令人
通體舒暢的溫暖，偏偏風景絕美的「酒杯灣」勝地的
橡樹不領情，會輕易就愛上燃點，燃點一上身，酒杯
灣就會不勝水深火熱，震懾於橡樹惹來的森林大火。
上酒杯灣的棧道封鎖了，我們改走次日早晨的行程。
畢竟，塔斯馬尼亞的陽光並不忍蒸發我們的渴望，第
二天早晨，太陽終於大發慈悲，讓橡樹解除燃點的糾

纏，我們爬上高處，一睹遠處啤酒泡沫似的酒杯灣白色沙灘，來回步行兩個小時，揮汗享受人間那得幾回聞的陽光、海洋、沙灘三重奏。

接著，「搖籃山」的美景上場，就算沒有「酒杯灣」波光鎏金的陪襯，也讓人聯想推動搖籃的慈母暖暖的手。

媲美台灣小人國的塔斯迷宮，設計了很多逗趣的雙關雋語看板，有一則是 "War does not determine who is right, only who is left"，姑且先譯為「戰爭不決定誰是對的，只決定誰是左派的」。「right」除了有「對的」意義之外，當然也有「右派的」意義。我認為本意也許是「戰爭不決定誰是對的，只決定誰是錯的」，但因為 "right" 也有「右派的」之意，所以就引出 "left" 的「左派的」之意。塔斯馬尼亞人（澳大利亞人）走路與行車靠左邊，更突顯這則雋語的趣味性。或許一月的陽光強化了我的想像力：如果 "left" 譯成「左派的」，不正

可以漾出幾分激情或熱情嗎？這會是塔斯馬尼亞一月初天氣的寫照嗎？

我在薩拉曼市集買了兩本英文書，其中一本是提出翻譯三原則「準確性」、「可理解性」和「可讀性」的羅納‧諾克斯的傳記。盡管離家已多天，但還是不忘情書與翻譯。談到書，不禁想到名作家納維爾‧休特 (Nevil Shute) 寫了一本小說《彩虹與玫瑰》 (The Rainbow and the Rose)，正是以塔斯馬尼亞為背景。彩虹 (rainbow) 更讓我想起此地盛產的虹鱒，英文名字就叫rainbow trout。無論是天邊的彩虹還是腳旁的玫瑰，都是很陽光的，都是很塔斯馬尼亞的。

「野生動物園」讓我第一次見識到針鼴、袋狼（又名塔斯馬尼亞老虎，已絕種，我是在餐廳牆上的圖畫中看到的）、袋熊、袋貂、袋獴。後四者加上較常見的袋鼠，都是以「袋」為特點。「袋」是牠們撫育幼兒的「溫床」，與「搖籃」（我不會忘記

「搖籃山」，爬得好辛苦啊」）競相放送溫暖。針鼴跟豪豬的差異應該有限。我在〈重訪《第三情》〉一文中從亨利・米勒談到豪豬：「…亨利・米勒在《北回歸線》中也有這樣一段的描述：『只要有亮光的地方，就有一點熱…。』冬天時，豪豬彼此擠在一起取暖，在人類中也是不必學習的。」但叔本華卻指出，豪豬在天氣寒冷時擠在一起，藉體熱保溫，卻又彼此嫌惡對方針毛刺痛牠。這是人類和動物（尤其是針鼴）共同的無奈（如果人類的個性、癖性甚至偏見可比擬為針鼴的針毛）。群居？還是離群索居？我們看到那隻針鼴時，牠正拼命在沙中挖洞；陽光有點強，牠想挖個洞，好躲在其中乘涼。冬天怕冷，夏日懼熱，動物也擺脫不了人類的困境和宿命。至於袋熊，我的藏書中有一本美國幽默作家威爾・柯皮（Will Cuppy）所寫的《如何吸引袋熊》（How to Attract the Wombat），其中有一段文字是這樣的：「澳洲西南部的普通或裸鼻袋熊是現今活著的袋熊中最大又最

無趣的。塔斯馬尼亞袋熊的皮很硬，毛髮厚又粗。牠
們過著極為枯燥的生活。然後牠們被製成地毯和擦鞋
墊。…」柯皮的這本書以調皮的筆觸描繪了40多種動
物，大部份都可以在塔斯馬尼亞發現，是適合一月份
在濕冷的台灣臥遊塔斯馬尼亞的陽光讀物。

　　告別了最後一站荷巴特的慵懶日光，回到一月
的台北。總統與立委大選的洗禮剛結束，一大片名叫
「民主」的大好陽光也眷戀一月的台灣，彷如一月的
暖陽依戀美麗的塔斯馬尼亞島。

從川端康成到太宰治

　　沒有想到一趟日本箱根伊豆之行，除了涉及《伊豆舞孃》的作者川端康成之外，也要牽扯到尾崎紅葉、松本清張，甚至太宰治。

　　離開「青天（藍天無雲）、白日（富士山巔仍然可見耀眼白雪）、滿地紅（紅色芝櫻遍地鋪）」的芝櫻公園後，會在第三天來到伊豆風景區，與「伊豆舞孃」男女主角的銅像合照，再走到氣勢宏偉的河津七瀑布，聽那潺潺水聲傾瀉川端過往深情的波瀾起伏。根據羅嘉華〈青澀初戀人文遊〉一文，「瀑布最高落差30米，一瀉千里激起白色水花，氣勢磅礡。一時間，如同進入環迴立体聲的演奏廳，欣賞7位音樂家在演奏心曲。」男女主角的銅像經過瀑布多年的洗禮，似乎顯得活色生香。

　　銅像附近立著一個看板，載明《伊豆舞孃》六次搬上銀幕的詳情。六次！可不簡單，演過女主角的

有美空雲雀、吉永小百合、山口百惠等。密契爾的
《飄》也不過拍成電影《亂世佳人》一次，費滋傑羅
的《大亨小傳》也才四次。

　　為了紀念川端康成，日本政府還開闢了「伊豆
踊子號——浪漫列車」，我在旅館的商品店更買到了
「踊子物語」銘果，川端確實擄獲了日本人崇拜他的
熱情。

　　眾所周知，《伊豆舞孃》是川端的夫子自道。查
閱資料，只知川端童年時父母、祖父母、姊姊相繼病
故。我們的領隊把這五人分別在川端幾歲時棄世倒背
如流，還在兩個不同場合如此詳述，可謂有心人。不
過他好像提到川端在五、六十歲時因愛情失敗心情鬱
卒而自殺，然而史料好像不是這樣寫。

　　在伊豆風景區品味川端的魅力後，來到熱海海岸
公園，這次是與尾崎紅葉的名著《金色夜叉》中的男
女主角貫一與官小姐的銅像合影。《伊豆舞孃》較多
男人情場的不如意，而《金色夜叉》雖未完成，應是

男性情場失意的復仇記。領隊在敘述《金色夜叉》的情節後又告訴我們說，尾崎也寫了一篇短篇，內容大要是，當過酒女的禎子嫁給一名醫生，她的一名舊識記者憲一發現後，威脅要將她曾下海一事告知醫生丈夫。兩人在海邊談判付錢的事，結果記者憲一被女主角禎子推下海溺斃。記者的妻子懷疑是禎子所為，兩人約在同樣的海邊見面，禎子因此畏罪自殺。

我聽了這個故事，覺得很迷人，回國後遍查尾崎紅葉的資料，沒有發現這篇名為〈零的焦點〉的作品的記錄，打電話給領隊，他還是認為尾崎寫過這篇小說。我上網key in「零的焦點」，才發現是松本清張的作品，不過其中的憲一是警察，不是記者。領隊怎麼會這樣竹篙逗菜刀呢？我也很納悶。或者也許有一篇情節與此類似的作品存在。如果有，不知作者是誰？

回到川端康成自殺一事，我想到一個問題：日本作家中有幾位自殺呢？維基百科列了1700到2010年

代自殺的日本名人，共136位。較有名的作家自殺案
例，除了川端康成、三島由紀夫、芥川龍之介之外，
還有太宰治。川端自殺是含煤氣，三島是切腹，芥川
是服毒，太宰治則是債台高築，「連寄宿伊豆旅館女
僕都懶得拿正眼瞧他」（見黃文鉅〈花一般的罪惡〉
一文），於一九四八年投水殉情；日本名作家的自殺
方式也算漪歟盛哉吧。

現代的薩丁尼亞我去過

　　黃昏時分，我和愛妻徜徉在遊輪甲板上，大部分時間悠哉地靠在面海的躺椅上。我們置身在遊輪這座小宇宙或星球中，幾乎一動也不動，變動的海景卻不斷獻上慇懃來。在大海中御風前進也許就是這種感受。

　　其實海景也不算海景，此時無景勝有景，此時才能體會「一望無垠」的真實意境。只是我最常把眼光專注在近處大片滾動的海水上──它們難道不像滾滾流動的深藍果凍？且是甜蜜無比的果凍，「海水是鹹的」一詞此時完全沒有存在的空間。

　　就算這段閑適的時光是花了兩百多歐元換來的，但肯定是物超所值。所謂的兩百多歐元並不是指這趟遊輪之旅的費用：

　　上遊輪第二天早晨醒來，突然感覺頭部暈眩。雖然無法上岸觀光，可以在船上休息，但病痛還是要解

決。到船頭醫務室看醫生，結果是，光問診就要78歐
元，再加上打一針降血壓的藥，以及兩項瑣碎小額費
用，竟然總共263歐元，就這樣，用兩百多歐元換來
我和愛妻在第一天的日落時分用眼睛咀嚼藍色果凍的
異國風情。

　　這是第二次地中海遊輪之旅，只因此行有兩個靠
岸景點一直攛掇我的好奇心與想像力——薩丁尼亞與
馬賽，尤其是前者。第一天因暈眩上岸不成算幸運，
因為薩丁尼亞是第三天上岸的觀光景點，如果是第三
天，那麼再怎麼享受用眼睛咀嚼海水深藍色果凍，我
內心也不會釋然。

　　說是拜北非突尼西匹亞茉莉花革命之賜，遊輪上
岸的地點才從突尼斯改為薩丁尼亞，並不盡然。我看
到旅遊市場上還是有突尼西亞的行程。

　　上岸看景點只能蜻蜓點水，薩丁尼亞首府卡利亞
里的半日之行，只能解我的一點望梅之渴，不過這顆
梅卻越望越渴。

　　半天的時間「望」到的，首先是位於此地最高處的一件藝術雕品，然後是一座破落建築，據說墨索里尼住過，問旅行社顧用的當地導遊它叫什麼名字，她也不知道。接著就是卡利亞里大教堂。最後是幾間美其名為「文藝復興百貨公司」的商店。

　　卡利亞里大教堂中仍然掛著自動請辭的舊教宗本篤十世的肖像。本篤反同性戀、墮胎，卻穿Prada名牌主持禮拜。卡利亞里地方的人不肯把他的肖像換掉，是留戀他反同性戀、墮胎的保守？還是喜歡他追逐名牌的新潮？我看是後者，因為我隱約嗅到卡利亞里地方的現代氣息。

　　在一間飲食店休息時，我用英文問這位當地女導遊：薩丁尼亞海產中有無海膽？她說有，再問有無鮑魚（abalone），她聽不懂，想必是沒有。我這個老澎湖所想到的海產不外海膽、鮑魚、龍蝦。啊，漏了問龍蝦，是一大敗筆。

　　這就是薩丁尼亞嗎？——雖然只是看到了一部

分的卡利亞里而已。豈止是「意猶未盡」可形容？難
怪回國後看到報紙報導演過〈魔戒〉的奧蘭多布隆
（Orlando Bloom）帶女友到薩丁尼亞島渡假水上溜
鳥的消息，不禁有點莫名與非份的嫉羨。

　　且慢，我似乎有點預感或自知之明，行前在行囊
中塞進了D.H.勞倫斯的名著《海與薩丁尼亞》，在船
上讀了一部份，聊解望梅之渴。此書寫於1921年，但
仍有可觀之處。首先就讓我們來看看卡利亞里大教堂
的部份。書中有一段文字如下：「大教堂想必曾是一
座美好的異教石造堡壘。此時它好像穿越歲月的剁碎
機出現，滲透出巴洛克和臘腸古味，有點像羅馬聖彼
德教堂的可怕天蓋。無論如何，它是樸實又神祕的…
因為那正是日落和神靈頓悟時刻…一種舒適、古老的
教堂感。」文字也許有點抽象，但應不會讓人覺得教
堂很現代化，反正有古早味就是了。1921年的這座教
堂想當然是富於原始之美，不會意料到有一天摩登的
本篤十世的肖像會闖進去。

就薩丁尼亞整體而言，勞倫斯在本書中對它的描述可說很傳神，如「他們說，羅馬人、腓尼基人、希臘人、阿拉伯人都不曾征服薩丁尼亞。它…位於文明路線之外。」如「這塊土地不像其他地方。薩丁尼亞是另一個世界，是適合旅行的迷人空間與距離——未曾完備，不曾明確。它就像自由本身。」又如「薩丁尼亞，牛群之家，地中海的多山的小小阿根廷，此時幾乎是荒涼的。」1921年時的薩丁尼亞「位於文明路線之外」、「它就像自由本身」。我懷疑現今的薩丁尼亞受到多大程度的文明所污染和束縛。我所看到的「文藝復興百貨公司」顯然直追典型的現代文明。我問當地的這位導遊，「勞倫斯當時在薩丁尼亞看到農夫，現在應該沒有農夫、只有商人吧？」她也表示同意。現代的薩丁尼亞不可能是多牛群的小小阿根廷吧？至於首府卡利亞里，勞倫斯書中有一則描繪說：「突然就出現卡利亞里了：一座裸露的鎮，陡峭、陡峭地升起，外表呈金黃…一點也不像義大利…裸露而

自傲地升起，遙遠一如回到歷史…而這就是卡利亞里。它外表奇異，好像見得到，但進不去。」卡利亞里地勢確實高高在上，但勞倫斯地下有知，會不會因為它現今淪為文明薈萃之地而喟嘆？再者，以下這句話也可以做為勞倫斯反智的代表：「（卡利亞里）遙遠，總是遙遠，好像智力深藏在洞穴之內，不曾出現。」我們都知道，勞倫斯1921年旅行到薩丁尼亞，是為了追尋陽光和一種較簡單的生活方式。他想要逃避20世紀太富於智力的機器世界。可惜他沒有成功，因為墨索里尼竄起，他又疾病纏身。馬克・卡任斯（Mark Cousins）導演了一部電影〈六個慾望〉，回顧勞倫斯的這次旅程，直入其中的美與激情的核心，可以說與勞倫斯自己所寫的《海與薩丁尼亞》互相輝映。

　　此行舊地重遊了羅馬的西班牙台階，其右側有一棟黃色建築，是浪漫詩人濟慈住過並於其中去世的地方。濟慈的〈夜鶯頌〉中有這樣的詩句：「並不是

我嫉妒你的好運／而是你的快樂使我太歡欣──／因為在林間嘹亮的天地裡，／你呵，輕翅的仙靈，／你躲進山毛櫸的蔥綠和蔭影，／放開歌喉，歌唱著夏季。」（查良錚譯）跟勞倫斯筆下的卡利亞里教堂同樣散發原始氣息，異曲而同工，但是看到附近觀光客滿坑滿谷，真叫人為濟慈感到不值。這當然是他始料所不及。

　　也罷，這次遊輪之旅就當只去過現代的薩丁尼亞，原始風味的薩丁尼亞只能在勞倫斯的文字中去捕捉，或者也許他朝有良機再光臨一次，慢慢去挖掘與品味，而一碗鮮魚湯都沒有嘗到的馬賽和濃濃現代味的西班牙台階則猶其餘事。

輯二

瞬間風情

1

寶島說，四季如春
春天說
我是後母面。

2

那一天，他的指頭
在情人的烏山頭瀑布中泛舟
也在她的路肩上滑雪。

3

無奈電視上
那歌星說的比唱的好聽
那演員沒有演的，比演的好看。

4

第一次進急診處
意外瞥見護士微笑
想起出汙泥的蓮。

5

夏天
太陽伯伯與墨鏡先生聯手
推出一批明眼瞎子。

6

當今的大學生活：
父母答應苦讀的子女
一場聯歡大會。

7

流星甲：我選在黑夜壯烈犧牲

流星乙：你太虛榮，要讓世人看見你

你何不在白天默默隕落？

8

花蝴蝶依然翩翩公子

小蜜蜂已然

把地盤延伸到電視台去噴漆。

9

滿街高樓大廈

那麼多倒著拿的望遠鏡

叫人如何捕捉月兒的身影？

10

蘋果小姐紅著臉下凡到塵世

牛頓不解風情

將她湊合給地心引力博士。

11

浴室中的鏡子

目睹無數裸體表演

一副無動於衷的表情。

12

度過了數星星的童年

如今我偏愛數一數情人

那星眸旁的黑森林。

13

那女子的纖手順著

百葉裙底一梳

雅座上綻放一朵大紅花。

14

不知要把天真織在髮辮中？

還是要讓嫵媚披在肩上？

最親密的繡花枕也出不了主意。

15

黃鶯飛棲薔薇頰

啄破一顆紅櫻桃

歌聲乘著翅膀繞樑。

16

他的雙手攀爬那兩座高壓塔

揣摩著帶電的指頭

探測暗夜中那口井的可能。

17

裙襬位居邊陲

總愛興風作浪

意圖佔據目光中心。

18

少女對著

櫥窗裡的新娘祈禱

紅暈唱著結婚進行曲染紅白紗。

19

　一頭歲月的白髮激發乘客讓座的美意

　一顆不願接受施捨的心

　其實嚮往計程車內的唯我獨尊。

20

　情人的飲茶哲學：

　刺穿泡沫人生

　直搗那段永恆的紅。

21

　蟬叫、蛙鳴、露滴

　已經嚴重缺貨

　聽說快被電視的房屋廣告搜購一空。

22

一個優雅的轉身

她頭上無數的黑色精靈

一起攜手共舞。

23

母親帶三歲男孩去探獄

他說

「爸，你為何不住自己的家？」

獻曝集

《之一》

1.

　　看哪，那露珠兒擁有多大的生命力啊，承載它們
的那些綠葉都搖晃不已！

2.

　　男女其實是有別的，男人把蝴蝶結結在喉下，女
人把蝴蝶結結在頭髮上。

3.

　　鏡子只照出身體的真實，照不出臉部的真實；其
實有什麼東西能夠照出臉部的真實呢？

4.

　　地球投下了巨大的陰影──夜；我們想用狂歡的
方式驅走它。

5.

　　上帝其實還是很高明的；在創造了人類那麼長久
的時間之後，才讓人類覺得雙手不大夠用，只因一手
要抽菸，另一手要拿手機。

《之二》

1.

　　我們討厭自誇的人；如果我們改換一個字眼，
說他們喜歡「推銷自己」，也許就不會那麼厭惡他們
了。

2.

　　「懶惰」只比「賭博」好那麼一點點。

3.

　　不知有沒有作家只問：「哪些人買了我的書」，
而不問：「多少人買了我的書？」

4.

　　「詩」屬於中年以後，青少年所謂的詩只不過是
「歌」而已。

5.

現今要成為風光的知識份子或作家，要具備「三讀」：讀書、讀社會，以及讀電影，尤以最後一者為最必要，也最容易。

6.

拒絕陽光法案的人，莫非認為：世界上如果沒有了鏡子，也就沒有了醜臉？

7.

知識份子是介於梭羅與泰瑞莎修女之間的「騎牆派」，既不能離群索居，也無法走向群眾。

盡在不言中

筆桿搖了三十幾年，筆下不曾出現我倆的感情生活，妳的「倩影」不曾獲得我的禿筆青睞。

只怕一觸動筆尖，那一切的盡在不言中竟會變成陳腐的山盟海誓。

第一眼就為妳的青春氣息所動。我暗中玩味著莎士比亞的「青春無須挑逗，自己就會叛變」。十幾年後，我帶著妳和一對女兒參加同事的聚會；他們說，陳老師帶三個女兒來了。我默默無語，一切盡在不言中。

曾抱著五、六歲的女兒去看電影，讓她坐在我們之間，塞給她零食；雖然她仍然頻頻問話，我倆卻只能會心微笑，一切盡在不言中。

女人的母性本能會發揮在丈夫身上，丈夫可能降級為被呵護的孩子。雖然我也會挺身維護「平等」地位，大部分時間卻心領神會，一切盡在不言之中。

　　她培養了兩位學鋼琴的女兒，她們的喜怒哀樂表達在琴韻悠揚中，我們的不如意化解在大女兒即將獲得的鋼琴演奏博士學位中；世間那有比跳躍的音符更是沒有開口的甜言蜜語？

　　如今，縱使在出國旅遊的行程中，妳我仍然會不習慣分床的「兩地相思」，但我們不說相思情，盡情享受愛之旅。

　　夫妻本是同林鳥，大難來臨時會各自飛嗎？一切盡在不言中。慢慢走，欣賞啊！

面子問題

　　人類之中不為面子問題困擾者幾希？因為人類經常要為所謂的「尊嚴」而戰。我喜歡觀察與沉思好面子的人（包括我自己）及其偽善表現。以下各則大部份是實際生活中的經驗，少部份是杜撰而來。

1．雨傘與帽子

　　看到一些上了年紀的人以雨傘代替拐杖，我直覺得虛偽、做作。他們想讓人錯以為拿著雨傘是為了防範下雨，但我很想知道，如果下雨了，他們真的會不顧不良於行，撐起傘來嗎？真正下雨時，他們是如何處理呢？難道是一手拿著一隻傘，另一手又撐著另一隻傘？其實，老人一手拄著真正的拐杖，另一手撐起雨傘，也是很正常的景象，不是嗎？

　　再者，有一些白髮或禿頭的男人都習慣戴帽子來遮「醜」，甚至在炎熱的夏天也是如此。有一次七

月出國旅行，一對父子同行，有一晚，我們進飯店用餐，頭有點禿的父親帽子一直沒有脫掉，兒子說，「爸，你戴著帽子不熱啊？」父親當眾沒好氣地說，「熱不熱，我自己會知道。」

2. 孝心與尊嚴

父親退休後有一份退休金的利息收入，其實足以養活自己。大約八十七歲後，我們兄弟兩人為他請了外傭照顧行動不便又獨居的他，也幫他付外傭薪水。我除此之外每月又給他一點錢。

顯然，他很滿意我們的表現，但有一次他卻若有所思地說，「我是讓你們養的。」看來，老人家在「孝心」與「尊嚴」（或「面子」）之間很難取得平衡。要享有子女的孝心，又要覺得自己不是「被養的」，好像不是那麼容易。

3. 老人的面子

某次出國旅行，有一對八十歲以上的夫妻參加，妻子以雨傘當拐杖，大兒子從美國加州到羅馬與他們會合。兒子未到之前，兩老直誇兒子很孝順，常邀他們出來旅行，還幫他們付訂金。但兒子到達後，我與他私下談話，把他父母的誇讚告訴他，他卻低聲說，父母愛玩；他大概是暗示，父母年紀那麼大了，還不辭勞苦。清官難斷家務事，不過，我倒認為，老人愛面子的問題在此事之中扮演重要角色。

4. 信箱

多年前住在一棟四樓公寓，建設公司為各樓住戶裝了正面是玻璃的透明信箱，有一次，我無意間看到某一樓信箱中有一張通知領救濟品──一條棉被──的明信片，同一天晚上又偶然聽到該樓夫婦散步回來時的談話，先生認為應該通知社會局取消領取救濟品（其實他們是收入中上家庭），他說，通知單放在透

明信箱中很容易被看得一清二楚，但太太卻建議換一個信箱。幾天之後，果然出現了一個豪華的不透明大信箱，在另外兩個寒酸信箱襯托下顯得特別搶眼。

5. 女主人的面子

後來我們搬到另一棟四樓公寓，某一樓的主人交遊廣闊，訪客不斷，他們夫妻每年過年都要求油漆樓梯間及樓梯，有時甚至沒有經過我們另外兩樓主人同意就請工人來油漆，然後向我們收錢。

有一年，這家的女主人把估價的結果（包括所使用的油漆牌子）告訴我們，我的太太卻請另一位油漆工人來估價，與這家女主人當面談談，結果証明第二位油漆工人較便宜。這家的女主人輕聲細語把這位工人叫到一旁：「給我一張名片，」聲音壓得很低，還神秘地回頭看看有沒有被聽到。

從那年之後，他們就不再那麼熱衷油漆樓梯間及樓梯了。

6. 退休就成爲廢物？

我的一位同事從某國立大學教職退休的那一年，特別吩咐太太不要告訴別人說他已退休，他認爲退休的人是廢物。每天他照樣穿得整整齊齊到學校，設法裝出還在工作的模樣。這讓我想起一個故事：一個職員被公司炒魷魚後，卻照樣每天佯裝去上班，直到發薪那天，無法向妻子交待，就離家一走了之。

我這位同事的「廢物」說恐怕是藉口；退休的人會被沒退休的人視爲廢物嗎？還是會成爲他們羨慕的對象？應該難有定論吧？

於是，我將心比心地認爲，與其說他怕人說是廢物，不如說他依戀國立大學的名號。有次，我假惺惺勸他：「不要以 X 大爲榮，要讓 X 大以你爲榮。」他聽了後不置可否，還是每天穿得整整齊齊去「上班」。

7. 租與賣

有一位國中女老師出手大方，用錢沒有節制，同事的孩子結婚，紅包都包得很大包，給足了面子，看了喜歡的衣服或珠寶，刷卡毫不手軟。很多年下來，不但負債累累，還成了卡奴，只好把台北的房子賣掉，搬到新竹與兒子同住，但卻告訴同事說，台北的房子是租出去的，兒子在新竹租房子比較便宜，台北房子出租，房租可以貼補家用，何況新竹的生活費也較低，同事們都為她的明智之舉感到慶幸。

不過，有一天，一位剛搬家的同事卻傳來一個消息，原來，她湊巧搬到這位出手大方的國中女老師在台北所謂出租的房子樓上，與樓下的這位女主人閒聊，才知道她的房子是買的，不是租的。

8. 敬酒不吃吃罰酒

我們公寓一樓的先生看來像暴發戶，講話十足財大氣粗的摸樣。有一天，一輛車子停在他家的大門

口，他開門出來一看，立刻提高嗓門叫說，「誰的車子啊？」不久車主出現，不免遭到他痛責一頓。

車主一直堆著笑臉陪不是，頻頻致歉，一樓這位先生得理不饒人，越罵越帶勁，最後車主忍無可忍，開始大聲叫道，「我一直道歉，沒有給你面子嗎？你不接受我給你的面子，那請你給我面子，你有看到這麼多鄰居在看熱鬧嗎？你到底要怎樣？」這次，輪到一樓這位先生道歉了。

9. 強迫分享表面工夫

四樓的陳先生很愛面子，也很精於表面工夫，一年大半的時間都是西裝革履。他在四樓樓頂加蓋了一個房間，裝潢一流，外牆也粉刷得很漂亮。背對他們家那邊四樓的呂家跟他們很熟，男女主人常通電話聊天。不久，呂先生這一家四樓也同樣在樓頂加蓋了一個房間，裝潢情況不輸陳家，唯獨呂家講求實際，外牆水泥隨便抹一抹，顯得凹凸不平，也沒有粉刷，陳

先生每次看了都覺得礙眼，又不好意思當面講。

幾天之後，他忍不住了，終於打電話到呂家，大意是説，請他們把加蓋的房間的外牆整修好看一點，否則要向管區告發他們蓋了違章建築。某一次，呂先生見到我，向我抱怨説，「豈有此理，注重表面工夫又不是美德，竟然強迫別人學他。」

10. 西裝與腳踏車

謝先生的生日快到了，每年到了十二月的時候，他的獨生子都會問他需要什麼生日禮物。今年他有兩個「志願」：西裝與腳踏車。

現在身上的西裝已穿了快十年，有點過時又陳舊，應該換一套了。同時，他年紀大了，走路有點吃力，常要騎腳踏車去兜風，偏偏現在這輛腳踏車車齡也有兩位數，車況可想而知。

但是，他不好意思向兒子一次要兩件生日禮物，他必須二選一。

他想了想，：俗話說，「人要衣裝」，何況，衣食住行，「衣」排在「行」之前，應該有它的道理。於是，他選了西裝。

現在，他每天就穿著時髦的西裝，騎在嘎嘎作響的破鐵馬上兜風，也不去介意行人投給他的奇異眼光。

11. 哪壺不開提哪壺

快六十歲的他到書店買〈花花公子〉中文版，櫃檯的結帳店員是個年輕小姐，他只好又選了一本正經八百的雜誌，把〈花花公子〉放在這另一本雜誌下面。為了分散小姐的注意力，他還打算請小姐幫忙找一本書。

櫃檯旁還有另一位先生也要找書，結帳的小姐把兩人要找的書交給此時出現的找書小姐去處理。

大約五分鐘後找書的小姐回來了，問道，「《蘇菲的世界》是哪位先生要的？」

買〈花花公子〉中文版的他還來不及回應，結帳的小姐就提高嗓門叫道，「是買〈花花公子〉的那位先生要的。」

12. 不滿足的領隊

記得那次是參加旅行團到義大利旅遊，小費已包含在團費中，但結束旅行那天，領隊也許認為團員人數少，小費賺得也少，就在言語中暗示我們額外再付一點，不過他卻特別強調，司機很辛苦，需要小費鼓勵鼓勵；其實司機是義大利人，聽不懂領隊講的中文，額外的小費交給領隊，他不一定分給司機。

我們幾個團員商量後做了一個決定：既然司機那麼辛苦，就暗中把額外的小費給司機吧。

這位領隊也許基於面子問題而以司機為擋箭牌，誰知道他還是要失算了。

是誰來電

　　清晨六點左右剛起床，電話鈴響了兩、三聲，來
不及接就停了。從顯示的號碼看出是他父親打來的，
他的父親早起，有可能。但稍晚打去問，他說沒有。
父親是固定在晚上睡覺前打電話跟他聊天的。

　　過兩天早晨，大約同樣時間，電話又是響了兩、
三下就停，同樣顯示是父親的號碼，打去問，還是同
樣答案。

　　再一天早晨，同樣的情況再出現一次，他不再打
去問，心中疑惑著：難不成是父親說謊？他又為何要
謊？父親是很嚴肅的人，也不可能惡作劇。

　　那麼，父親唯一的伴——印傭阿蒂呢？但她並不
知道他的電話，就算知道，也不會無緣無故打電話騷
擾他，他對她很好，與她無冤無仇。

　　他心中一陣毛骨悚然：難道是去世不久的母
親？…想一想，自己生前對她很盡孝道…難道她對他

的表現不滿意？⋯也許她想訴說什麼冤屈？⋯他開始追憶生前母子關係的點點滴滴，重新加以評估⋯對於是否盡了孝道似乎不那麼有自信了⋯

　　他帶著一顆不安的心去看父親。閒聊中父親很讚賞唯一的伴──印傭阿蒂：「清晨一起來就把每個地方都打掃、擦拭乾淨，電話機也沒放過。」

　　他問父親：「你昨天晚上打電話給我後，有沒有再打給別人？」答案是：沒有。

　　他沒有問阿蒂：是否常拿起聽筒擦拭後，又擦拭到「重撥」鈕？

顫抖的手

　　他小時候常偷父親口袋中的錢，幾次沒事，有一天終於要算總帳，被父親的亂棍打得無處逃。他的哭聲稍緩後，父親的雙手還是不停在抖著，比他的抽噎更急促。

　　後來每次興起偷錢的念頭，腦海就立刻浮現那雙顫抖的手，自己的雙手也會不自主地抖動起來。就算過了一年的時間後，想要偷錢時手不再抖動，身體也會微微震顫，終於還是放棄。

　　到台北上大學後，家中經濟情況不允許父親時常從離島金門跋涉千里去看他，但他對親情慰藉的渴望有如沙漠望甘雨般急切。

　　大三畢業旅行來到高雄，偶然遇到父親的的朋友告知父親出差到高雄，投宿某旅社，於是他在寒冷的冬夜懷著取暖的心趕到旅社。

　　旅社的壁紙斑剝，掛著一幅廉價、發黃的畫，

燈光昏暗，看不清父親的臉，模糊有如神話中的救世主。

　　他們坐三輪車去夜市吃小蕃茄夾蜜餞，他當時感覺是天降甘霖，至今回想起來仍然滿口生津。

　　回到旅社後，父親問他畢業旅行錢夠不夠用，他忘記當時怎麼回答，只記得父親顫抖的右手遞給他一張破舊的大鈔，他好像看到一個儉省的老人硬擠出最後一點牙膏。其實父親先前已勉強寄給他一點畢業旅行費用。

　　剎那間，十幾年前前因偷錢而被父親痛打的那一幕又在腦海出現，他不敢去接父親手上那張破舊大鈔。但他不去接，父親的手卻一直抖個不停，他只好接下來。誰知父親的那隻手抖得更厲害，他心中很後悔，但也沒有把銀錢退還，那種心理似乎與小時候偷錢時的貪念是一致的。

　　父親出差結束回金門後，妹妹寫信給他，透露說，有一個月時間，家中本來就不營養的三餐更加每

下愈況。

　　他時常在想，這是他接下錢後父親的那隻手顫抖
得更厲害的原因嗎？

怪叔叔與老頑童

　　小公園的微風看盡了附近的大小人物，不輸給那微風廣場呢。微風老是提醒第一條巷子旁那棵怪模怪樣的阿勃勒說，別忘了庇護對面那位怪叔叔，然後又低聲對第三條巷子旁的那棵年紀大、卻很有生氣的垂榕說，別忘了向經常走過你身邊的老頑童問安。我似乎聽到微風叮嚀似的呢喃，趕緊提筆寫下這兩個小人物。

　　怪叔叔只比老頑童小一歲，兩人都已七十出頭了，住處就只隔這兩條巷子。他們在同一所大學同一系任教，已退休六、七年。

　　怪叔叔身材矮瘦，背微駝，喜歡戴墨鏡，最明顯的註冊商標是，一出門一定戴帽子加口罩，白天烈日當空如此，夜晚星子累了亦乎如是，不曾想要享受春日微風的愛撫。帽子是為遮半白頭髮，屬於愛美，口罩為防塵，屬於愛惜身體，不過似乎也標榜他沉默

寡言的個性。冬天有事到老頑童家，他還會繫上一條白色絲巾，遮住火雞脖子，大概認為這樣既保暖、遮醜又瀟灑。有時他身上會斜揹著一款精緻小名牌包，據他説，裡面只裝著女兒送給他的手機，滿寶貝女兒的。進老頑童家的門時，他只脱下口罩，帽子就是不脱。老頑童的女兒背後叫他「怪叔叔」，老頑童的十歲外孫「小頑童」也跟著這樣叫。當然，這個綽號沒有傳到怪叔叔耳中，就像老頑童較保守的妻子叫自己的丈夫「老頑童」，怪叔叔也不知情。

老頑童很認同「怪叔叔」這個綽號，總認為進人家的屋子不脱帽並不禮貌，女人愛美化妝，有時是一種禮貌，但男人愛美就可以不顧禮數嗎？他記得有一次出國旅遊，一對父子中的兒子對進餐廳也不脱帽的禿頭父親説，「你不熱嗎？」父親回答，「熱不熱，我自己知道。」有幾次他想對進門不脱帽怪叔叔説，「你不熱嗎？」但總是難以啓齒，何況説了，怪叔叔不見得知道他的意思。他曾慫恿外孫代他問，外孫

説，他怕跟怪叔叔説話。

有一次，老頑童寫了一首題為「帽子」的諷刺詩：「我只知愛美是禮貌／我不知進屋要脱帽／沒人會問我為何不脱帽／那樣會很不禮貌。」

怪叔叔到老頑童家無論寒暑都不脱帽的行徑，持續一段時間後，老頑童的妻子有一天問丈夫：

怪叔叔是不是睡覺時也戴帽子？帽子好像成為他身體的另一個器官了，我曾聽説一個女明星夜晚從不卸妝，丈夫不曾看到她的真面目。

不至於吧，我們不是去過他家嗎？他並沒有戴著帽子見我們。他只是出門後才不許人間見白頭。退休前他也不可能戴著帽子上課，否則就跟鳳飛飛成為一對了。

老頑童的口氣很酸。

明知我們知道他頭髮半白，還這樣鴕鳥，不夠意思。

妻子的口氣有點氣憤。

　　愛美是女人的天性。老頑童指著妻子説，又指著
怪叔叔住家巷子的方向：

　　不用説也是他的天性。

　　死老頑童，他是他，不要扯到我。

　　妻子送給丈夫的封號「老頑童」其來有自。

　　自從女兒生了外孫之後，老頑童就童心大放送。
孫子還只會爬的時候，女兒一家三口從新竹來台北，
老頑童顧不得退化性關節炎，跟孫子在地上爬成一
團。孫子還不會説話時，他如要孫子笑，最直截了
當的方法就是大吼一聲：「笑」，孫子就笑得勾魂
懾魄。「笑」的發音就是台語的「瘋」，因此孫子
「笑」，阿公「瘋」，兩人玩得不亦樂乎。等到孫子
四、五歲時，老頑童把學生在課堂上講的笑話教給
孫子：「一個台灣警察到美國旅遊，看到兩輛車子相
撞，趕忙打電話給美國119：one car come，one car
go，two car long-ga-bin-biang-gyo（台語），
please O-E O-E come」。老頑童要孫子學，孫子雖

覺得有點難，但又很有趣，因此學得臉紅脖子粗。等到孫子七、八歲時，老頑童又要孫子學女人走路，被女兒發現才作罷。

老頑童中等身材，戴近視眼鏡，雖比怪叔叔大一歲，但頭髮只點綴幾根銀絲，不像怪叔叔頭髮半白。就算老頑童頭髮全白，他也不會戴帽子掩飾，三千煩惱絲已夠煩了，還要抓一尾蟲在屁股鑽嗎？所以他家中只有一頂破運動帽，戴過的次數五根手指頭數得出來。

那麼多人戴帽遮白髮與禿頭，確實讓他很感慨。他也觀察到，很多人年紀大了，不良於行，拿的是雨傘，不是拐杖，以為旁人不會看出他們的障眼法，只不過他也不曾看到不良於行的人在下雨天一手撐傘，另一手拿另一隻雨傘當拐杖；他好奇地想著：只帶一隻傘當拐杖又真的碰到下雨時，這些人如何處理？

老頑童為這些人取了一個名字：「傘帽族」，然後在日記上寫了一句孤芳自賞的「名言」：「帽子遮

醜，雨傘當拐杖，人如何優雅地老去？」「傘帽族」
既然那麼多，他曾想勸失業的女婿從事傘帽業，但這
樣是「助桀為虐」，他當然不會做。

　　唉，怪叔叔的言行越來越讓老頑童感冒。有一
天在市場，怪叔叔的太太告訴老頑童的太太說，丈夫
要她不要告訴別人說他已退休，免得被認為是「廢
物」。老頑童知道後，只能搖頭：人家都巴不得趕快
退休享福，成為別人羨慕的對象，誰管你是廢物？

　　怪叔叔的衣著在退休後變本加厲，除了帽子、口
罩不缺外，冬天還穿西裝，褲子還燙得很畢挺，每天
準時出門到無書可教的Ｃ大去看報、運動，然後準時
回家。不知怎麼地，這讓老頑童想起在一本小說中所
讀到的情節：一個職員被公司炒魷魚，卻不讓太太知
道，每天照樣穿得整整齊齊出門，等到領薪水那天，
他知道再也騙不了妻子，從此就永遠消聲匿跡了。

　　衣著邋遢、不修邊幅的老頑童有一次禁不住酸西
裝筆挺的怪叔叔：「你穿那麼挺，別人還以為你是某

大公司的董事長，探聽之下，原來只是C大教授；我穿那麼隨便，別人還以為我是工友，探聽之下，才知道是C大教授。」怪叔叔聽了默默無言。

老頑童退休後早晨固定到住家附近的T大校園快走或散步，經常看到一個戴著運動帽的老人，揹著一個裝網球拍的袋子，柱著拐杖，步履蹣跚，看一次不覺得異常，直到有一天，他瞥見這個老人靠在網球場外面的矮牆上沉思，才恍然想起，既然要靠拐杖走路，怎麼可能打網球？這個老人想必從年輕時代就嗜打網球成性，習慣根深蒂固了，如今年老了，還是每天這個裝扮，行禮如儀，內心自我安慰，日子比較好過。想想吧，清晨樹上鳥兒鳴囀，卻喚不回這老人球場上的英姿，黎明的清風徒然吹拂他老去的肉身。老兵失去了戰場，令人鼻酸，因此老頑童對怪叔叔退休後還裝得好像沒退休也能略表同情。

可是他對怪叔叔的帽子就是無法習慣，他同情老兵沒有戰場可發揮的無奈，但戴帽遮醜卻是很虛偽的

行為，他強烈地不以為然，很像一位正義之士路見不
平。

　　一個七月天的正午時分，老頑童和十歲外孫「小
頑童」在巷口看到戴帽子加口罩的「怪叔叔」在前面
踽踽而行。「小頑童」首先發現：

　　阿公，怪叔叔在前面！

　　老頑童摀住外孫的嘴，教他小聲點。

　　「小頑童」吐吐舌頭，用假音低聲說：

　　他今天帽子戴得特別低，聽不到的。

　　老頑童躡著腳尖，輕聲走到怪叔叔身後，身子一
躍，右手在怪叔叔帽上摸一摸，很嚴肅地說：

　　你帽子上有鳥糞。

　　「小頑童」也身體一躍，在阿公老頑童的頭上一
拍，摸仿阿公的口氣說：

　　你頭上有鳥糞。

　　怪叔叔默默微笑，到巷口時揮手說再見。

　　老頑童很佩服怪叔叔沉默寡言的功夫，他記起怪

叔叔最喜歡講的一個故事：一位禪宗師父有一天叫三位弟子來訓話，說他們話太多，要他們從此以後對任何事都要沉默以對。第一個弟子説，「我們以後不再講話了，」第二個弟子説，「師父剛説不要説話，你怎麼又説了？」第三個弟子説，「只有我沒説話。」

一個傍晚，老頑童在怪叔叔住家樓下的西藥店碰到怪叔叔去買藥。就在樓下而已，他就是照樣愛美、愛身體。老頑童一時衝動，順手脫下怪叔叔的帽子，揮了兩、三圈再為他戴上，怪叔叔還是默然微笑，只是指著只穿內衣，但前後、內外都穿反的老頑童説：

反了。

在退休同事的餐會中，老頑童聽到一位同事讚美戴著帽子的怪叔叔保養有方，看起來還是那麼年輕，老頑童趁機插上一句：帽子脫下來更年輕呢。怪叔叔不自覺地脫下帽子，老頑童正得意訐逞時，怪叔叔又很快把帽子戴上。

老頑童對怪叔叔以不變應萬變的態度就是不順

眼。有天上晚上，他在書房踱方步。夏日的微風自顧輕柔地吹過窗外，卻不給在裡面吹冷氣、絞腦汁的他送來靈感。關掉冷氣的同時，他做了一個頑皮的雀躍動作。第二天很早就打電話給怪叔叔和另一位退休同事，約定一星期後聚餐吃晚飯。

好不容易盼到傍晚。老頑童出門後，一路上開心地微笑著，覺得每個人也都在對他微笑，好像大家都知道他要去領諾貝爾獎，對他特別友善。他走到半路的一家假髮店，選了一頂半白假髮。店裡的小姐瞄了他一眼：不像演員嘛。他找到一個較隱密的地方，把假髮戴上，像是戴上桂冠，然後若無其事走進餐廳。

餐廳中他們三個人的這一桌出現了一個奇景：老頑童戴著半白假髮，怪叔叔照例戴著帽子，另一位同事頭髮烏黑。頭髮烏黑的同事瞪著大眼睛看著老頑童，久久說不出話，老頑童先不去看怪叔叔的反應，只是堆著笑容對這另一位同事說：

最近憂國憂民，憂國民黨，憂民進黨，頭髮都白

了。

　　同時他學那位女店員瞄了怪叔叔一眼，怪叔叔雖沒有說話，但有點臉紅，老頑童感覺像阿Q，只不過怪叔叔大部份的時間都在享受美食，偶爾才跟他們聊幾句。老頑童開始有點不安，不確知怪叔叔心中在想什麼。那種不確定感跟未進餐廳前走在路上時陶醉的心情形成對照。他藉口有事要辦，先行離開。

　　兩天後，老頑童一面看電視，一面想著前晚自己戴假髮對怪叔叔所會造成的效應，忽然看到跑馬燈打出日本東北部大地震的消息。以後的幾天，他在關心大地震的後續發展時，仍然不忘評估自己戴假髮對怪叔叔可能產生的衝擊。

　　再過兩天的早上，電視報導，地震後發生核災，輻射塵將會飄向台灣，專家勸人們出外最好戴帽、戴口罩、撐傘。老頑童再怎麼不願意戴帽遮醜，似乎也不能不稍微考慮是否要戴帽防輻射塵，他的心思從戴假髮的效應轉到戴帽子的難題。

又到了傍晚，就在他沉思著這個問題時，門鈴聲響起，怪叔叔來訪，手中拿著一頂新買的洋基隊球帽，進門時不慌不忙把它戴在老頑童頭上。這次輪到老頑童有點臉紅，但他趕忙說「好熱」，把帽子脫下。雖然這兩個字口氣很像那個兒子問進餐廳、卻仍戴帽子的禿頭爸爸的那句「你不熱嗎？」但怪叔叔依然故我，進屋內不脫帽就是不脫帽。

老頑童畢竟是性情中人，再怎麼說也不能拒絕不脫帽的怪叔叔送來的帽子，只不過他還是有一個選擇：出門時可以戴怪叔叔送的新帽，也可以戴家中那頂唯一的破舊運動帽。這可真是無事惹塵埃。是要怪怪叔叔惹塵埃？還是要怪輻射塵惹塵埃？戴哪一頂帽子的問題讓老頑童思考了一整天，不輸哈姆雷特王子那個問題：to be or not to be？如果要防輻射塵，不戴帽子的堅持就會破功；可是一旦戴上帽子，就有可能在附近路上遇到怪叔叔。他在書房踱方步。夏日的微風自顧輕柔地吹過窗外，卻不給在裡面吹冷氣、

絞腦汁的他送來靈感。關掉冷氣的同時，他做了一個頑皮的雀躍動作。他得到的靈感是：乾脆先不要出門，過一段時間再來應變。

像關在牢裡的老頑童，望著屋外大地生氣盎然，其實難以抗拒野性的呼喚。

對於厭惡做作的他而言，T大的校園透露難擋的誘惑力。鳥語啁啾雖喚不回那位柱拐杖、揹網球拍的老人年輕時的英姿，卻似在傳達一種不可言喻的真理；花徑飄來的花香不一定是玫瑰的芬芳，但確實飽含某種具體而微的真實。尤其每次看到戲劇學系大樓旁的那幾棵挺直的烏心石，他心中都會悠然興起一種不尋常的踏實感。

就在考慮暫時不出門後的第二天早晨，他帶著外孫出門到T大去散步了，戴著怪叔叔所送的新帽，只不過在經過怪叔叔所住的巷口時，他忽然瞥了怪叔叔的家一眼，紅著臉自言自語：「這可不是天道好還。」外孫聽不懂，一臉茫然，看到老頑童阿公戴著

新帽顯得很不自然，得意地説：

阿公，你好像是怪叔叔！

怪叔叔家旁的那棵阿勃勒和老頑童家旁的那棵垂

榕都發出會心的微笑。

枯木逢春？

　　旅行團成員十來位，只有他是單身參加，其他成雙成對。

　　一下飛機，他走在我和妻子旁邊，自我介紹姓鄭。問他在那兒高就，說在某地方低就，已退休。當然，年紀是大了點，該有七十了吧，面容枯槁，頭髮稀疏，但眼露慧黠之光。熟了之後問他為何太太沒來，只淡淡說她沒興趣。

　　某夜住有名大飯店，隔天早上安排飯店接待小姐導遊內部設施。在參觀一宿高達數千美元的總統套房時，不免要跟來自韓國的面貌姣好、身材高挑接待小姐坐在豪華沙發上拍照。大伙兒把照相機交給領隊，大部份人都沒跟小姐坐得太親近。輪到鄭先生和她坐下，他冷不防把她的左手硬拉到自己的腰後，強迫與她十指相扣。我注意到，他的右手並沒有相對放在她腰後。但是，我卻覺得好像看到一個老人當眾強吻了

一個女人。

三天後在機場候機，鄭先生拿出數位相機，欣賞「獵豔」成果，告訴我說，相機裡也有他太太的生活照，但卻不給我和妻子看，只喃喃說，「我太太常常笑我說，你人老又沒錢，有哪個女人會愛你？我拿鏡子照照，她說得可真對。」語氣自怨自艾，又好像自我解嘲，但更像不服氣。我說，「你不敢把跟那個小姐的合照給太太看，對不對？」他很快回答，「當然敢。」

我突然想起，照相時他一手硬把接待小姐的手拉到他腰後，為何另一手卻沒相對摟她的腰？但此時我已有答案了。對冷落他的太太而言，有另一個女人「主動」對丈夫「投懷送抱」應該比男女兩人「兩情相悅」的畫面更具示威效果吧？唉，這只不過是人世間天天上演的「機關算盡」戲碼之一。我眼前的鄭先生就像是一個日暮途窮但猶作困獸鬥的老人。

接著我腦中閃現一個畫面：他的太太看了照片，

一笑置之，又拋出同樣的話，「你人老又沒錢，有
哪個女人會愛你？」

母與子

偉偉是五歲大的大班小朋友。那一天，一個小朋友的便當撒了一地，偉偉很好奇，用手去摸飯粒。老師說：偉偉好棒，會幫別的小朋友。偉偉聽了騎虎難下，只好真的幫忙打理了。老師在連絡簿寫了嘉勉的字：在校熱心幫助別人。

媽媽以前偶爾聽老師說，偉偉會幫別的小朋友，但這次是怎麼熱心幫法呢？平日倒沒有特別灌輸「助人為快樂之本」或「日行一善」的觀念。也許這個小孩有善根。

偉偉好棒啊，你怎麼幫別的小朋友？回答竟然是：

不能講。

咦，這孩子還真會吊我老媽的胃口。

為什麼？

就是不能講。

好吧，你講，給你一個獎勵，今天不用拉小提琴。

不能講。

為什麼？

就是不能講。

媽媽再加碼：給五個加。偉偉知道，25個加可以買一樣心愛的玩具。

不能講。

為什麼？

就是不能講。

三次說出這五個字的口氣都蠻認真的，透露一點無奈。

但媽媽想的是：嗯，做好事又難為情，不好開口，有謙謙君子之風。

這樣好了，你不好意思講，就偷偷錄在錄音筆，媽偷偷聽。

還是不行。

正是媽媽耐心地發揮纏功的時候。不相信搞不過這五歲小毛頭。她好久沒有把他抱在懷裡了，也不曾抱得那麼緊，口氣不曾那麼溫柔、那麼甜過。就這樣折騰了將近四十分鐘，媽媽都覺得有點委屈：活了三十幾歲，只跟父母使用過甜言蜜語，只跟丈夫撒過嬌，五歲小毛頭竟然要她花這麼大工夫，讓她也覺得有點難為情，甚至覺得有點不值。

畢竟小朋友的心不是鐵打的，偉偉的口中終於唱出了天籟：

有一個小朋友便當掉在地上，飯跑出來，我有幫忙。

她很困惑，早就應該講了，花了那麼多功夫，真不值得。雖然內心很困惑，但她決定不問小朋友為什麼不很乾脆一下子講出來。她要在自己身上找答案。答案其實呼之欲出，只不過她先前已花時間發揮纏功，此時小朋友鬆口後她又立刻陷入困惑的泥淖中，所以思路有點阻塞，腦筋一時轉不過來。

　　困惑只持續了一分鐘，記憶回歸了。一陣聒噪接
在偉偉口中的天籟之後浮現在她腦海中。

　　約莫十天前吃午飯時，她用相當嚴厲的口吻責罵
偉偉：「你懶得太不像樣，飯粒掉了，叫你撿也懶得
撿。」

偽

　　每天早上六、七點，他都要到這間離家約五十步之遙的知名連鎖店報到，買一份報紙。

　　不到七點店長不會在。一直以來，他都在七點以前到，一位留著中分頭的三、四十歲男店員值班，動作遲緩，面無表情，通常都不會慇勤地把報紙摺好交給他，只會慢吞吞把電子發票印出來，不發一言。不發一言包括不會說那句至理名言：謝謝光臨。其實他不會在意，精神食糧到手最重要。何況「謝謝光臨」聽久了也會麻木。

　　但是，有那麼一個早晨，這個店員竟然把報紙摺好交給他，給發票的同時還擠出了一聲「謝謝光臨」，他當時縱使沒有感覺如雷貫耳，至少有如空谷回音那麼令人印象深刻。

　　走出店外後，首先想到的是，今天報上有什麼重大消息、副刊有什麼精采作品可以讓他消磨半個早

上，緊接著腦海響起那位店員的空谷回音，不自覺看
了錶，七點十一分。這個時間店長已經來店裡值班。

　　以後，有好長一段時間他都是七點以前到，店長
還沒來，當然不會聽到那位店員空谷迴音似的「謝謝
光臨」，那個很久以前的初體驗也就遠颺，墜入遺忘
之海了。

　　大約兩、三個月後的一個早晨，他有事耽擱，又
一次在七點後不久到。一個顧客排在他前面。有一個
壯碩的身影匆匆走到他身後的儲物間。他瞄了一眼，
是店長，接著這個店員也朝店長所在的地方偷瞄了一
眼，在給發票時又擠出了一聲「謝謝光臨」，聲音不
大，但店長聽得到。

　　他開始沉思這件事。首先，他回憶第一次聽到
「謝謝光臨」時心中的感覺。除了印象深刻，難道沒
有驚喜？其實沒有。倒是有點中了過期發票的失落
感，或者應該說是荒謬、無厘頭的感覺混搭不忍、同
情。請想像，當你已習慣長久的酷寒時，太陽有一天

忽然放送幾秒鐘的亮光，你感覺如何？那是一種無意義的施捨，也許透露一點嘲諷。不，不能用莊嚴的大自然來比喻這件事，應該回歸人類本身。他當下覺得，也許人類皮笑肉不笑的虛偽差可比擬吧，但那種笑其實連施捨都談不上。

這個早晨，他第二次聽到對方賜給了他「謝謝光臨」。其實在店員偷瞄店長所在處一眼後，他就預知會出現什麼情況。果不其然啊。他終於認為，這店員顯然不適合這種行業，也許是迫於大環境才勉強將就、因循苟且。但是，這次他的荒謬、無厘頭感覺多於不忍、同情。

另一位此時來值班的店員說了聲「…光臨」，打斷他的沉思。這位剛來的店員一面為客人影印，一面不斷說出「…光臨」。其實當時好像並沒有客人進出。到底是說「歡迎光臨」還是「謝謝光臨」呢？反正是前面的兩個字匆匆含糊帶過，很難聽清楚，最後只剩「臨」一字的上揚聲，有點像腳踏車的鈴聲在身

後響個不停，讓他有點心煩。

　　他做了決定：從此以後，無論如何一定要在七點以前到。

旅遊拍照

旅遊拍照是放羊吃草的時段

旅人拎起四方形的口趕忙去覓食

冬來直奔銀色樹林

任朔風吹落連衣帽

春天仰望含苞的櫻花

抖落未溶的雪片一如拂去灰塵

夏日追尋月見草

不顧烈陽蒸發汗液

秋濃理當覓楓紅

寒風瑟瑟只當耳邊風。

旅遊拍照是狩獵的時段

九月的遊輪擠爆了

手持四方形武器的遊客

屏息等待扣板機的時刻

藍色冰壁終於轟然落海
如果六月天驚見潟湖潋灩
就將它擄回
向族人炫耀
正月時白了頭的山巔也不放過
也許當戰利品供奉在手頭。

旅遊拍照是人類與大自然不諧和的時段
這邊成群仰慕者喊叫著要與她合照
綠野中喧囂迴盪
勾勒海岸一道彎曲的神祕微笑
那邊一堆文明野人一邊拍照一邊野餐
成人與孩童搶食大口蔓越莓乾
粒粒凝血噴洒在她的森林地上
揮霍的礦泉水在口中加工
回銷草地深處的礦層
沒被資源回收的水瓶教她自在淡定與虛懷。

眾旅人勉強收好四方形的口
眾獵人不情願收起四方形的武器
唯獨
唯獨一人兩手空空
慣用兩眼攝取草地上的野餐
諦視農婦拾穗的身影
只以嘴角的曲線描繪
四季旋律與大地之歌
領隊渾然不知有一隻不吃草的羊
一名不帶武器的獵人。

四季窮

　　三樓W家隆冬時瓦斯用得兇，非關美食。洗熱水澡，雙腳泡熱，早早上床，乃與寒流作戰妙方。吃補品如人蔘也可行，但那是富人作風。多用點瓦斯洗澡暖身比吃補品省很多。但仍須以「節流」、「克難」原則進行。只是有些事難預防，例如詐騙集團猖獗，竟在瓦斯上打主意，時而會送來一張單子，署名類似大台北瓦斯，再在署名上蓋一個章遮掩，企圖魚目混珠，到了約定時間上門來，語帶威脅地說，管線漏氣危險，工本費一千五，鈔票就乖乖地拿出來了。好在這種事現在收斂很多，正牌的瓦斯安檢人員令人信賴。那個嚴寒的十二月天就收到一張真正的大台北瓦斯安檢通知單，寫明在一星期後的早晨10點到達。約莫10點時，我在書房聽到三樓W夫妻談話的聲音，安檢人員10點5分到二樓我們家，我問他是否去了三樓，他說他們不在家，按鈴沒有回應。我打了一個冷

顫。

　　T.S.艾略特説，「四月是最殘酷的月份，死去的土地滋生丁香，混雜著回憶與欲望」。三樓的W先生當然不知道有這一段，只感覺每到三、四月，不快的回憶總是混雜破繭的蠢蠢欲動，春風並不得意，卻彷彿透出植物的腐臭。四樓L家的男主人剛好在這個時節往生，女主人不僅節哀順變，更送了另外兩樓食品致意，三樓W先生卻認為機會難得，在四樓女主人送食品的第二天對她説，你家的經濟情況如今變差了，就不要浪費這種錢了，我聽了心中湧起的不是一股暖流，而是窮人刻意找人墊底的辛酸感。

　　季節變換旋踵間，殘忍的四月不覺之間轉為粗殘的七月。W家冬日的主角瓦斯為夏日的電風扇所取代（冷氣機想都不要想）。沒有詐騙集團打電風扇漏電的主意，可是W家夫妻還是有個困擾。兩人睡一張雙人床，體熱加上電風扇的熱氣雨露均霑很難熬，於是想出一個主意：兩人輪流睡覺（兩張單人床想都不要

想）。

　　「碧雲天，黃葉地」不曾出現在W家夫妻的夢境，秋收比較實際。秋收對他們而言是資源回收。資源回收不見得是窮人的專利，但為公益而「下海」的人並不多。W先生的「秋收」似乎越來越熱絡，他用破舊自行車當工具（人力三輪車想都不要想）。厚紙板是他的最愛。七十多歲、滿頭灰髮的沉重身軀壓在單薄的單車上，一手要控制手把，另一手要穩住車後如山的「資源」，真為這種頭重腳輕的險象捏一把汗。我們家有大型厚紙板時就放在門口，不久就會自動消失，見面時寒暄如故，就是不提厚紙板的事。我的太太說，說聲謝謝也不會。窮讓他們閃開冷氣機、單人床、人力三輪車，但他們唯獨閃不開面子問題，猶如蕭瑟的枯葉是秋天閃躲不開的宿命。

誘惑

棗子的誘惑力不是來自形狀，橄欖的形狀比它古錐，如與令人遐想女人胴體的葫蘆相比，當然就更遜色。棗子的誘惑也不在顏色，它的綠皮比不上瓜類多變，果肉雖晰白，但不如令人聯想起黃金的芒果那麼豔麗。我喜歡棗子，不是因為它取悅視覺，而是因為它特殊的甜脆挑動味蕾。

棗子的季節一到，我生活中多了一項期盼。抓來第一顆，沒有細嚼慢嚥，卻仍然齒頰留香。抓來第二顆，仍然沒有細嚼慢嚥，卻不那麼甜脆。再抓第三顆，可以與第一顆媲美。又抓第四顆，期盼同樣甜脆，但希望落空。再抓第五顆…十分鐘之中吃了十顆，排列組合是甜──不甜──甜──不甜…大部分在希望與失望中規則地浮沉。但期盼總是令人興奮。

或者，排列組合有點相反：不甜──甜──不甜──甜…大部分在失望與希望中規則地沉浮。當

然，還有「甜──甜──不甜──甜⋯」以及「不甜
──不甜──不甜──甜⋯」⋯等等大部分不規則的
組合。取十個棗子來吃，甜與不甜的排列組合有幾種
呢？各是什麼組合呢？唉，何必用數學來殺風景？

　　為什麼吃十個呢？因為會有十個期盼。一個甜，
期盼下一個也甜；一個不甜，更期盼下一個甜。在規
則地或不規則地浮沉／沉浮於希望與失望之中時，卻
有個規則在，那就是，甜了想再吃，因為嘗到甜頭，
不甜還是想再吃，因為不甘心。如此下去，伊於胡
底？所以我以十個為限。

　　為何不買五個就好？我自問。下一次，我真的
只買五個，只有五次受誘惑的機會。但再下一次，我
還是恢復買十個。王爾德不是說過，克服誘惑的方法
就是接受誘惑？但重點是「克服」。我試著不十個全
吃，只吃五個：世界上不可能沒有誘惑存在，但克服
或抗拒誘惑卻是可能的，雖然王爾德又說，「我能抗
拒一切，除了誘惑。」

　　再下一次，還是買十顆，但只吃四顆。再下一次，也是買十顆，只吃三顆。又下一次，還是買十顆，只吃兩顆。至於甜不甜，就不去掛念了。

　　買彩券、賭博以及吃大飯店自助餐的原理相同。中了彩券、賭贏了、吃了好吃的菜，會還想再買、再賭、再吃，因為食髓知味。彩券沒中、賭輸了、吃到不好吃的菜，也會還想再買、再賭、再吃，因為心有不甘。

　　吃自助餐時，如有二十道菜擺在那兒，我就試著只吃十五道、十四道、十三道，能進展到五道，可說幾近聖人的境地了，我當然不敢妄想。目前我的功力約在十五道到十道之間，有心要較量的凡人盍興乎來？

　　又，追逐葫蘆身材美女的花花公子、夢想芒果似黃金的財迷們意下如何？

附錄

陳蒼多書癮病歷圖

文／陳光達

班雅明在〈打開我的圖書館：談談藏書〉這篇短文裡談到，「對一個收藏家來說，擁有收藏物是一個人對身外物品所能有的最親暱的關係。並不是物品在他身上復活，而是他生活在物品之中。」在書痴陳蒼多的身上，具體呈現了這樣的親暱關係。

征服與佔有之愛

購買並收藏書籍，本來就不必然與閱讀行為相關，就像擁有精緻的Wedgewood磁器，並不代表需要在日常生活中天天使用一樣。

許多愛書人都有或多或少這種「只愛買，不愛看」的特質，只是很少人願意直接承認；或許因為他們認為，承認只買不讀，身價彷彿會瞬時降低不少。自稱嗜好是「買書」而非「看書」的陳蒼多卻不一

樣，他大方地承認：是的，我就是愛買書，我就是享受著找書的過程，享受上窮碧落下黃泉之後終於尋得的滿足，享受拆開寄書包裹時的狂喜，一種近乎生理式的快感。

勇敢地承認吧，愛書人，我們就是喜歡買書，不一定得為了什麼冠冕皇堂的理由，甚至不一定是為了閱讀的喜悅。我們就是愛買書，想要用盡辦法，買到某一本花了長久時間與精力而搜索來的書，然後，擁有這本書，以最終的佔有，征服收藏的誘惑，得到心靈的滿足。愛書的陳蒼多就是不斷地在如此的征服過程中，展現出他對書籍的熱情與愛戀。

買書譯書的迴圈

依據陳蒼多的看法，「愛書是一種很genetic的事」，而且，他認為愛書的人其實很少。的確，像陳蒼多的愛書人，恐怕也很少見得到的。

　　愛書可以愛到什麼程度？早些年，網路購書還
不時興，在台灣能找到的外文書籍著實有限，有一次
出國時，他就和太太兩個人在印第安那大學的圖書館
裡，窩了整整一星期，當印書工人：每天一早醒來就
進圖書館影印書，直到晚上圖書館關門。回到旅館，
還得把這些影印的書籍整理裝箱。後來幾次出國，太
太索性就和朋友結伴出遊，而陳蒼多也樂得自己一個
人泡在書店裡享受閱讀。

　　陳蒼多讓人嘆為觀止的，還不只是他對於找書、
買書的熱情，幾近「著作等身」的兩百本翻譯作品，
更是影響非常深遠的成就。在政大英語系教翻譯的
陳蒼多曾說過，「翻譯像女人，最好是既忠實又漂
亮」，而這種翻譯精神，正是他獨特的讀書方式。對
他來說，翻譯不僅可以幫助自己，以最細緻謹慎的態
度，好好讀完一本書，還有一個很重要的紅利：稿
費。這一次的稿費，正是下一次的購書基金。

　　對陳蒼多而言，買書、譯書、買書之間，簡直是

一個無窮的迴圈，或者也可以說是雞生蛋蛋生雞的循環，起始點在哪，或許已無從考證起了。總之，這位超級書痴的腦子裡，隨時保有一份想買的書的清單，一些還未獲得滿足的購書欲念、譯書過程中的資料查詢或者相關文獻書籍的瀏覽，都可能更加充實這份待購的書單，強化買書的念頭。一面窮究手邊的書目資料與工具書，一面上網尋尋覓覓查詢搜索，最後終於確認獵物的蹤影。在銀彈飽足的條件下，購買行為終告發生。

在他買書譯書的無窮迴圈裡，日常的教學與翻譯工作並沒有短暫的休止，只有每天下午的五點鐘是例外。時間一到，風雨無阻，都得到住家附近的台大郵局信箱報到（再也不會因為郵件過重而慘遭郵差的白眼對待），完成購書儀式的最高潮：打開信箱，有或者沒有，狂喜或者失望。如果當天幸運之神眷顧，讓他得以暫時免於「書可能寄丟了」的焦慮與煎熬，便可拆封、撫觸、瀏覽一書，帶著獵物心滿意

足地散步返家。然後這本或這批新到手的獵物，就會被安排進駐尚有空間的某個堆疊中，等待下次主人再次垂青，雀屏中選，移置工作檯邊，翻譯、出版。在每一次稿費入袋之前，又有相當數量的書，在陳蒼多abebooks.com的購物籃裡張大眼睛等待信用卡號碼的臨幸。稿費一入袋，購物籃就又能再一次地短暫清空，繼續進行日常的工作，如是反覆循環不已。

書滿為患的生活

經過了這些年如是的反覆循環，譯作一本又一本出版，家裡的書籍一批又一批地繁殖。因此，一進到陳蒼多裡家，就像許多愛書成痴的人家一樣，除了書，還是書。看得到的牆面，都是頂到天花板的書架，書架底下的櫃子，塞得滿滿的當然還是書，就連客廳的桌面上，也是不見天日，堆滿了各色書籍。據說這張桌面，還曾經價值一萬元呢。

原來陳蒼多的太太曾經一度看不過去屋內空間書滿為患，想整理，無從下手，不想整理，難道眼睜睜地看著愈來愈多的書籍盤據所有空間？但身為書痴的陳蒼多，又怎麼會輕易地讓出任何以可堆放取得不易的珍寶的空間。於是他太太出價一萬元，請他將桌面整理出來。有錢能使鬼推磨，對於所有資源幾乎全投注於購書的陳蒼多來說，能換得一萬元，不正意味著又有一萬元的購書基金了嗎？結果桌面的確空了出來，當然並沒有維持太長久的時日，因為隨時有新的書購入，隨時可能從不見天日的書海堆疊裡，再點召一批書出土面世。

也是大書痴的文學家亨利‧米勒在《我生命中的書》裡說過，「閱讀是最奢侈和最有傷害性的消遣」（是的，此書正又是陳蒼多的譯作），從外人眼光來看的確如此，至少從整個起居空間書滿為患的情況來說，這傷害還真是不輕。

陳蒼多一家人當初剛搬入和平東路的公寓時，

家裡還擺了一張標準尺寸的乒乓桌。不過，此情可待成追憶，如今，這張球桌恐怕早就不記得乒乓球長什麼樣子了。球桌上一疊又一疊，球桌下也是一落又一落，看得見的看不見的，都是書。環繞球桌的四壁，有塊小空間放置著供陳蒼多上網尋書購書的電腦，剩下的牆面，也幾乎都完全奉獻給了書。愛好情色文學的陳蒼多，這方面的收藏自然是相當可觀的，但也絕非僅止於此。社會學、哲學、一般的文學作品，彼此沒有芥蒂地相安於一室。一不小心就可以看到火辣辣的情色文學旁，放的是硬梆梆的大部頭論述。

　　身為一個超級書痴，陳蒼多似乎把一切都給了他的藏書，就連自己的工作空間也是一樣，真正能提筆寫字的空間，只剩下不到兩張B4紙面積的桌面而已，他還是甘之如飴。

永無終止的欲念

　　作為專業買書人、專業譯者的陳蒼多，似乎對於統計數字不甚感興趣。他不知道自己譯過多少書，更不知道到底買了多少書。對於數萬冊書籍的整理，似乎也沒有特別的要求，「依國會分類法就可以吧」。真要進行這樣龐大的工程，前提恐怕是先中筆樂透頭彩，陳蒼多半開玩笑、半認真地說，「上帝應該讓愛書的人中一筆樂透，好買間大房子來放書、買書」，而且最好是湖濱又靠近大書店的房子，再加上個愛書的工讀生吧。他喃喃地念著說，「如果有人願意幫忙整理就好了」。但看他說此話時仍保持一脈悠閒的神色，彷彿那堆滿坑滿谷、有待盤整的書，都是別人家的。或許真是這樣。對他來說，真正值得在意的，絕不是圖書館員的系統建構、整理排比工作，而是買書、譯書、找書、看書、再買書。

　　這樣的書痴生活，除了書，還有什麼呢？據說，

年輕時的陳蒼多，和太太兩人會天天跑電影院，看到
沒電影可看，但現在除了學校教課、翻譯，以及最重
要的找書買書之外，大概只剩下偶爾看看職棒和一些
政治call in節目而已。他的生命，應該就是有書萬
事足，儘管書的收藏與尋覓，是永遠也不可能有滿足
終止的一日。

　　在《書店》（The Bookshop，新雨出版社，2001
年）的譯序裡，陳蒼多這麼寫著：「這個女主角開了
一家書店，卻因為種種阻撓而被迫關門，但是，她以
及她的書店將永存在我的記憶之中。這位女主角在我
看來簡直是殉美的勇者。」這「殉美勇者」的形象，
大概也算是愛書成痴、購書成癮的陳蒼多的夫子自道
吧。

【另一個角度】

書目裡的無盡寶藏

　　愛書成痴的陳蒼多，長年以來累積的藏書，數量多到連他自己也始終摸不清楚。這些藏書裡，有一般性的哲學、社會學、文學作品；文學作品中有一個區塊，就是一般人對陳蒼多譯作的重要印象：情色文學。而在情色文學之外，一般讀者或許不知道，陳蒼多對於「討論書的書」（book on books）也特別有興趣，就像是他譯過的兩本原名同為The Books in My Life的書（一本作者是Colin Wilson，中譯書名為《談笑書聲》，另一本作者是Henry Miller，中譯書名為《我生命中的書》，後更名為《生命的穀倉》）。

　　在〈書痴自白〉裡，陳蒼多坦承，他「看書的時間被買書的時間排擠掉了」。書痴當然不可能不愛看書，只是書裡頭最吸引他的，還是書。此話怎講？陳

蒼多是這麼說的，「看書或看文章時，最吸引我眼光的是文字中的書名號，兩個書名號之間那幾個字蘊含無盡的寶藏。」

　　簡單來說，這些討論書的書，甚至是書目類的參考工具書（尤其是他長期浸淫的情色文學類的專門書目），就是他的私房珍寶，或者說，書痴專用的郵購目錄。不論是ColinWilson或是Henry Miller，或是其他作者提過的書單，都是下次再上網尋覓時的重要指南。而那些書目裡曾出現，但各大網路書店、各大圖書館竟沒有收藏的書，就是他魂縈夢牽、無法一日忘卻的怨念所在。

作者簡介

陳蒼多

師大英語研究所碩士

政大英語系教授

翻譯作品二百多本,創作六本,目前專注於翻譯、創作。

國家圖書館出版品預行編目(CIP)資料

讀點洋書,行點洋路 / 陳蒼多著. — 初版. —

臺北市：鴻儒堂, 民105.12

面；　公分

ISBN 978-986-6230-30-1(平裝)

855　　　　　　　　　　　　05021249

讀點洋書，行點洋路

定價250元

2016年（民105年） 12月初版一刷

本出版社經行政院新聞局核准登記

登記證字號　局版臺業字一二九二號

著　　　者　陳　蒼　多
發　行　所　鴻　儒　堂　出　版　社
發　行　人　黃　　成　　業
地　　　址　台北市中正區懷寧街8巷7號
電　　　話　02-2311-3823
傳　　　真　02-2361-2334
郵　政　劃　撥　01553001
E-mail　hjt903@ms25.hinet.net

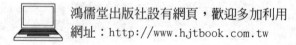

鴻儒堂出版社設有網頁，歡迎多加利用
網址：http://www.hjtbook.com.tw